인간관계

NINGEN KANKEI
Copyright © 2013 by Ayako SONO
First published in Japan in 2013 by SHINCHOSHA Publishing Co., Ltd.
Korean translation rights arranged with Ayako SONO
through Japan Foreign-Rights Centre/Shinwon Agency Co.

인간관계

김욱 옮김

소노 아야코 에세이

책읽는고양이

차례

첫 번째 이야기

먼저　　　나에 대해서

나를 안다는 것

난생처음 내 눈으로 나의 맨얼굴과 대면하게 된 것은 만 50세가 되었을 때다.

나는 태어날 때부터 유전성 강도 근시였다. 만 6세 때 초등학교에 입학했는데, 그때 이미 사물을 제대로 분간하지 못했던 기억이 난다. 선생님이 칠판에 쓰는 글자도 잘 못 읽었다. 하지만 어려서 그런 줄 알았기 때문에, 일상적으로 안경을 쓰게 된 것은 아마 그로부터 훨씬 후의 일일 것이다.

안경을 쓰기 전까지는 옆자리 친구의 노트를 베끼는 게 일이었다. 내가 입학한 세이신여자학원(聖心女子學院)은 가톨릭 수도원에서 경영하는 학교였다. 당시 아는 사람은 알지만 모르는 사람은 전혀 모르는 무명 학교였다. 1학년은 한 학급밖에 없었다. 어머니가 왜 그 학교에 나를 입학시켰는지는 나중에 다시 설명할 기회가 있을 것이다.

세이신여자학원에 입학한 아이들 대부분이 유치원에서 자연스럽게 올라온 아이들이었고, 면접이 있었지만 단 두 가지 질문에만 답하면 합격이었다.

"이름은?"

"나이가 어떻게 돼?"

이 질문에만 당황하지 않고 대답하면 끝이었다.

반 친구들은 어린애답게 태평스럽기만 해서 내가 노상 목을 길게 빼고 노트를 훔쳐보는데도 싫어하는 눈치를 주지 않았다. 나는 세이신여자학원에서 육체적인 결함, 혹은 부모의 사회 · 경제적인 능력의 차이 때문에 왕따나 차별을 당한 기억은 전혀 없다.

초등학교 3, 4학년쯤 되자 눈이 나쁘다는 이유로 언제나 교단 바로 앞자리에 앉게 되었다. 안경을 쓰게 되면서부터 다시 뒷자리로 돌아갔다. 내 키는 언제나 반에서 두세 번째로 컸기 때문이다.

나의 근시는 0.02 이하의 시력이었다. 시력 검사표의 가장 큰 글씨도 흐릿하게 보였다. 학창 시절 내 시력이 언제나 0.02였던 것은 0.02 이하는 숫자로 표시할 수 없었기 때문이다. 그 시절에는 0.02 이하의 시력은 가늠하지 못했다. 요즘처럼 전기를 이용해서 안구의 구조를 측정하는 기계도 없었던 시대다.

안경을 쓴 내 얼굴은 잘 알고 있다. 안경을 쓰면 거울 속의 내가 잘 보였다. 하지만 그것도 사실은 잘 기억나지 않는다. 지금껏 살면서 안경을 사느라 많은 돈을 썼다. 안경이 바뀔 때마다 내 인상도 달라졌다. 거울 속의 나는 항상 다른 인상이었던 것이다.

예쁘게 보이려고 안경을 많이 장만했던 것은 아니다. 유리 렌즈 시대에는 렌즈가 두껍고 무거운 안경이 잘 보일 것이라고 생각해서, 이왕이면 가벼운 테를 선호했다. 그러다보니 자주 교체하게 되었다. 얼마 전에 친구로부터 틀니를 하는 데만 지금까지 400만 엔 가까운 돈을 썼다는 말을 듣고 그게 가능하냐고 되물은 적이 있는데, 생각해보니 나야말로 안경에 그 정도 돈은 쓴 것 같다.

진짜 내 얼굴이 궁금해 안경을 벗으면 눈코도 구분되지 않았다. 마침내 콘택트렌즈 시대를 맞이했고, 나는 누구보다 빨리 콘택트렌즈로 바꾸었다. 강도 근시에는 이론적으로 콘택트렌즈만큼 합리적인 것이 없었다. 다만 콘택트렌즈는 눈이 금방 아프거나 빨개졌고, 중근동의 모래 폭풍에는 매우 취약하다는 등의 문제가 계속되었다. 아직 라식 수술 같은 건 없던 시절이었다. 만약 있었다고 해도 나는 수술 받지 않았을 것이다. 내게 시력이란 그만큼 소중한 것이었고, 어떤 위험도 감수하고 싶지 않았다.

자연스레 내 안에서는 시력 장애라는 현실적 문제에 대한 고민이 싹텄다. 이런 내가 뭘 할 수 있을까, 항상 고민했다. 아주 많은 일들을 시력 때문에 포기해야 했다. 사람 얼굴을 기억해야 하는 직업은 일찌감치 머릿속에서 지웠다. 내가 선택할 수 있는 직업에서 서비스 업종을 제외시킨 것이다. 그러나 세상 대부분의 직업이 다른 사람들과 접촉해야 한다. 그렇다고 속세를 떠나 트라피스트 수도원에 들어갈 정도의 강한 신앙심도 없다.

여러 장애를 가진 사람이 몸에 전혀 약점이 없는 사람과 똑같은 직업을 갖게 하라며 평등을 요구하는 것은 오히려 그 사람에게 도움이 되지 않는다고 나는 생각한다. 평등이야말로 모든 가치에 우선한다고 믿는 사람이라면 그것이 좋겠지만, 그러면 그 사람의 개성을 살릴 수 없다.

나를 예로 든다면 동네에 있는 병원 접수처 일은 기회를 준다고 한들 할 수 없다. 그 일은 환자의 얼굴을 정확히 기억하는 것은 기본이고, 나긋나긋한 목소리로 아픈 사람들의 불편을 최소화시켜야 한다. 그러나 나에겐 환자의 얼굴을 기억할 자신도, 상냥한 태도도 기대하기 힘들다.

청력에 장애가 있는 사람이 도서관 대출 안내 창구에 앉는 것도 반대다. 상대방의 부탁이나 질문을 듣지 않고는 대출 업무가 순조롭게 이루어질 수가 없다. 그렇다고 청각 장애인과 언어 장애인 모두가 도서관 업무에서 배제되는 것은 아니다. 내 청력에 문제가 있다면 나는 망가진 책을 '수선' 하는 부서에 보내달라고 했을 것이다. 뒤에서 돕는 역할이긴 하지만, 보수하는 일이라면 "누구한테도 지지 않을 자신이 있어요. 저한테 맡겨주세요."라고 말할 정도의 명수가 되려고 노력했을 것이다. 나는 손으로 하는 일에 소질이 있어서, 혼자 꾸준히 하는 일이라면 뭐든지 잘한다.

물론 요즘은 도서관 운영이 많이 달라졌다. 내가 기댈 수 있는 소박한 업무는 거의 사라졌다. 웬만한 고서가 아닌 이상 보수 따위는 하지 않는다. 전자책으로 만들면 된다. 그렇다면 청력 장애인은 종이책을 전자책으로 옮기는 일을 하면 된다.

인생에서 성대한 것을 기대하지 않는다

어렸을 때에도 작가는 나의 몸 상태나 체질, 성격 등과 여러모로 어울리는 직업으로 보였다. 특별한 몇 명, 즉 나를 담당하는 편집자와 기자만 상대하면 되기 때문이다. 눈이 나쁜 대신 청력은 좋다. 목소리는 한 번 듣고도 곧잘 기억했기 때문에 넓지 않은 교제 범위라면 나의 신체적 결함이 상대방에게 피해를 주는 일은 없을 것이라고 생각했다.

작가끼리 교류하는 경우도 있을 것이다. 이는 전적으로 작가의 개성에 따른다. 동료와의 만남을 거부하는 작가도 있다, 라는 나의 예측은 적중했다. 옛날부터 작가는 기인, 괴짜, 편벽과 비상식의 대명사와 같다. 다들 그러려니 하고 비난하지 않는다. 그래서 나는 지금도 술 마시는 자리에는 가지 않는다. 파티에도 참석하지 않는다. 노래방에서 마이크를 잡은 적은 단 한 번도 없다.

사람이 싫어서가 아니다. 눈이 안 좋다보니 불특정 다수가 모여 있는 곳에서 내가 해야 될 역할을 온전히 수행하지 못할까봐 겁이 났던 것이다. 어느새 그런 나를 사람들은 숫기가 없다고 규정해버렸다. 반면에 내 글은 넉살이 좋다. 내가 쓴 글만 읽어온 독자들은 나의 실제 모습이 이해되지 않을 것이다. 어쩌면 이런 고백이 거짓말처럼 들릴 수도 있다. 이에 대해서는 좋은 속담이 하나 있다. '이불 안 활개'다. 나는 집 안에서만 목소리가 높다.

시력은 점점 나빠져 안경을 쓴 내 교정시력으로는 제2종 운전면허를 계속 유지하는 것조차 무리였다. 나는 1955년에 운전면허를 땄는데, 당시에는 택시 등의 영업도 할 수 있는 제2종의 운전면허와 750cc라고 불리는 대형 오토바이도 탈 수 있는 이륜 면허가 동시에 자동으로 따라왔다. 물론 오토바이 같은 건 만져본 적도 없다.

눈이 나쁘다는 핑계로 사람들과의 만남을 최소화시켰고, 덕분에 완고한 성격이라는 세간의 평가를 받게 되었다. 그들의 평가처럼 나는 조금씩 비뚤어져갔다. 그러나 그것은 동시에 해방감도 가져다주었다. 일반적으로 장사든 뭐든 '넓게' 하려면 부담스럽다. 그러나 '좁게' 조용히 한다면 과로할 일이 없다. '넓게' 하면 많은 사람들에게 좋은 인상과 실력을 확인시켜줘야 한다는 장벽 앞에 서게 된다. 그러나 나처럼 좁은 보폭의 인간은 남들 눈에 잘 띄지 않는다. 그들이 나를 어떻게 바라보든 나에게 미치는 영향이 매우 적다.

인생에서 성대하기를 바라는지 아닌지가, 사실 삶의 중요한 갈림길이 될 것 같았다. 나는 전형적인 중산층에서 태어났고, 그 속에서 성장했다. 성대하기를 기대했고, 운이 좋으면 그렇게 될 수도 있었다. 하지만 현상 유지만 해도 충분하다는 인생관으로 살더라도, 주위에서는 그것을 당연하게 생각해주는 홀가분한 입장이었다.

그러나 나는 당시만 해도 천한 직업이라고 확연히 차별받았던 소설가가 되기를 원했다. 이 희망은 이미 초등학교 6학년 때 확고해졌고, 친한 친구에게도 털어놓은 적이 있다.

이 점에 대해 요즘 사람들은 전혀 당시의 사정을 이해하지 못한다. 내가 하는 말은 완전한 시대착오로, 오래전부터 소설가는 돈을 잘 버는 화려한 직업이라고 생각한다. 그러나 1950년대 중반까지만 해도 작가라는 직업은 먹고살 수 있다는 보장도 없었고, 직업이 뭐냐고 해서 글을 쓴다고 하면 불성실한 인간으로 매도되기 일쑤였다.

인간 사회에는 차별이 있는 게 당연할지도 모른다. 그게 좋다거나 그럴 수밖에 없다고 생각하지는 않지만 말이다.

민주주의 시대에 차별이 존재해서는 안 된다든가, 차별은 이미 사라졌다고 주장하는 사람들이 있다. 물론 그럴 수 있다면 좋겠지만, 차별은 영원히 존재할 것이라고 판단하는 소설가 같은 입장의 인간도 극히 소수라면 가끔은 필요하다.

대기업 경영자는 세상에서 봤을 때 좋은 직업이다. 이들은 근사한 집에 살며, 교양 있는 신사처럼 행동한다. 그에 비해 작가의 글은 돈이나 학력과 별 상관이 없다. 그의 사회적 신분과 그가 쓴 글 사이에 아무런 인과 관계가 없다는 뜻이다. 이 세계에는 오히려 도쿄대학 법학부 졸업생이라고 하면, "그럼 아마 소설은 잘 못 쓰겠는데."라고 수군대고 싶은 분위기가 있다.

삶의 방식은 범죄를 저지르지 않는 선에서 각자 하고 싶은 대로다. 호화 저택을 짓고 사는 사람, 요트에 빠져 사는 사람, 패션에 집착하는 사람, 절대로 미용실에 가지 않는 사람, 진보적인(또는 보수적인) 언론에만 칼럼을 쓰는 사람, 내 집은 필요 없다며 끝까지 셋집을 전전하는 사람, 안주하지 않는 사람, 불교를 선호하는 사람, 여러 연인과의 이중생활을 즐기는 사람, 저축이 낙인 사람 등, 말을 하자면 끝이 없다. 하지만 그 누구나 다 작가로 살 수 있다.

세상의 상식에서는 자기 내면을 속속들이 파헤치는 작가의 일을 정신적인 스트립쇼라고 생각하는지도 모르겠다. 사람들 앞에서 발가벗는 것을 부끄럽게 생각하는 사람이 이 세상에는 절대 다수지만, 개중에는 나체야말로 신이 창조한 자연의 일부로서 조금도 부끄러운 일이 아니라고 생각하는 사람도 간혹 있다. 그들은 자진해서 스트립쇼에 출연하고, 누드모델로 살아가기도 한다. 사물을 바라보는 관점과 생각이 확고하다면 그것으로 이미 충분하다.

나를 대면하는 순간

내가 나의 얼굴을 처음 본 50세 때의 일로 이야기를 되돌려야 한다.

50세가 되기 1년 전부터는 반쯤 맹인으로 살았다. 중심성 망막염 이후에 발병한 백내장 때문에 끈질긴 삼중 복시(三重複視)가 일어나고 있어 눈에 보이는 세계는 점점 어두워지고 있었다.

접시 위 음식물도 잘 보이지 않았다. 버스 앞 유리에 부착된 행선지도, 공항의 게이트 넘버도 읽을 수 없었다. 그때마다 일일이 지나가는 사람들을 붙잡고 물어보았다. 심한 두통 때문에 읽고 쓰는 것조차 할 수 없게 되자, 나는 소설을 계속 쓸 수 없게 되면 침구사가 되어야겠다고 생각했다. 불행 중 다행으로 내겐 천부적인 손의 감각이 있다. 안마나 침술에 타고난 재능이 있다. 몇 년 전부터 두통을 가라앉히려고 혼자 침놓는 법도 배웠다. 글을 쓰지 않고서도 살 수 있는 길이 있다는 생각에 안도했지만, 지금껏 써왔던 글을 포기하기는 어려울 것 같았다.

50세를 눈앞에 두고 수술을 받았는데, 갑자기 태어나서 단 한 번도 가져보지 못한 시력을 갖게 되었다. 나 같은 천성적인 강도 근시는 수술 중에 유리체박리가 일어날 수 있다고 들었는데 괜찮았고, 시신경이 모여 있는 황반부에서도 기적적으로 병변이 발생하지 않았다. 그것이 내가 시력을 되찾은 행운의 실체다.

퇴원 후, 유치원 때부터 함께 자란 친구는 내 얼굴 위에 안경이 없다는 단순한 사실을 가장 신기해하며 "네가 아닌 것 같아."라고 했다.

넘칠 만큼의 감사와 기쁨이 가시고, 뜻밖에도 나를 우울하게 만든 것은 처음 마주한 나의 얼굴이었다. 나는 태어나 처음으로 맨눈으로 거울 속 내 얼굴을 찬찬히 바라보았다.

그때 나는 이미 50세가 넘었다. 요즘에는 오십, 아니 육십에도 아름다운 사람이 많지만, 일반적으로 50세는 젊음과 작별하는 시기다. 주름도 눈에 띄고 피부는 얼룩얼룩하고, 얼굴 윤곽이 무너져도 이상할

게 없는 나이다. 게다가 시력 장애가 심해진 몇 개월 동안에 심리적으로 큰 충격을 받은 탓인지 백발이 되어 있었다. 오랜만에 만난 친구가 "너, 무슨 일이야?"라고 말할 정도였다. 그때부터 나는 조금이라도 건강해 보이고 싶어 머리카락을 염색하기 시작했다. 그때만 해도 이것이 훗날 후회의 씨앗이 되리라고는 생각지 못했다.

50세 이전의 나는 어떤 얼굴이었을까, 문득 궁금해졌다. 사진은 몇 장 있지만 거울 속의 나, 표정이 살아 움직이는 나와는 한 차례도 만나본 기억이 없다. 나는 내 화장대라는 것조차 가지고 있지 않았다. 결혼할 때 혼수로 준비할 수도 있었지만, 나는 필요 없었다. 세면대 거울 앞에서 손으로 파운데이션을 바르고, 확대경을 보며 립스틱을 조금 바르면 그걸로 끝이었다.

나이 들어서 만나는 사람 중에는 "젊었을 때는…." 하고 아첨하는 말을 하는 사람도 있다. 그러나 나는 어쨌든 내 젊은 시절의 얼굴을 제대로 본 적이 없어서 뭐라고 대답해야 좋을지 모르겠다. 내가 육안으로 똑똑히 만났을 때의 나는, 우습게도 이미 50세였다.

사회적인 정황도 있다. 내가 젊었을 때만 해도 지금처럼 아름답게 치장을 하고 카메라 앞에 설 기회가 없었다. 카메라 성능도 떨어졌고, 무엇보다 나는 사진 촬영을 싫어했다. 대학 졸업식에서 학사모와 가운을 입는 것은 예나 지금이나 변함이 없다. 대학에서 전부 빌려준다. 대학을 졸업한 사람이라면 누구나 학사모에 가운을 걸치고 찍은 졸업 사진이 있기 마련이다. 하지만 내겐 그런 사진도 없다.

내 인생의 전반부에는 얼굴이 없다. 어떻게 생각하면 마음이 편할 수도 있었다. 개중에는 빛나는 미모와 젊음을 자신의 존재 그 자체로 기억하는 사람도 있으니까. 그 점에서 내겐 과거가 없으므로 내 인생은 중년부터 시작된 셈이다. 나는 그렇게 스스로를 위로하며 살았다.

얼굴이 없는 전반부의 인생에는 할 이야기도 적다. 누군가를 만나 깊게 사귄 적도 없다. 오직 내 안의 나와 대면했을 뿐이다. 그만큼 손해 본 것도 많지만 타인과의 인간관계에 앞서 나와의 인간관계를 제대로 맺을 수 있었다는 점에서 나는 조금도 슬프지 않다.

두 번째 이야기

가족

가족이 타인보다 힘든 까닭

가정 문제가 타인과의 관계보다 힘든 까닭은 갈등의 대상이 아들과 딸, 배우자, 혹은 배우자의 인척이기 때문이다. 그것은 당연하다. 타인이라면 가능한 범위에서 관계를 회복해봐도 잘 안 될 것 같으면 넌지시 멀어질 수도 있다. 하지만 육친이나 인척이란 것은 관계를 해소할 수 없기 때문에 무거운 짐이 된다.

오래전부터 내가 재미있게 생각하는 몇 가지 전형이 있다. 그것은 대체로 시어머니는 둘째 며느리를 좋아하고 맏며느리를 싫어한다는 것이다.

이유는 간단하다.

그 하나는 시어머니라고 불리는 사람들이 나보

다 훨씬 나이 어린 세대가 됐는데도 언제까지나 장자 상속이라는 관념에 집착하고 있기 때문이다.

옛날 노인들은 "장남이 집을 계승해야 한다."라는 믿음이 확고했다. 아버지, 당주(當主; 그 집의 현재 주인), 장남이라는 것은 아내보다, 어머니보다 사회적으로는 격이 높았고, 그 사실은 매일의 생활을 통해 계속 확인되고 있었다.

도코노마(床の間)* 앞이 통상 당주의 자리였다. 도코노마가 아니라도 이로리(圍爐裏)** 앞에도 제대로 집안의 주인 자리가 있고, 아이라도 그것을 권위의 상징으로서 의식하고 있었다.

하지만 일본 전역에 새로운 조립식 주택이 보급되자 도코노마도 이로리도 없어졌다. 젊은 세대가 가족 안의 권위를 시각적으로 보고 납득할 기회는 아예 사라졌다.

전쟁이 끝나고 동네에 새로 주택지가 보급되었다. 전쟁 전에도 '서양식' 집은 열 채에 두서너 채 정도는 차지하고 있었다. 해군 제독, 대학교수, 화가, 실업가로 불리는 사람들이 이런 집에서 살았다.

---

* 일본식 방의 윗자리에 바닥을 한 단 높게 만든 곳. 보통 객실에 꾸미며, 인형이나 꽃꽂이로 장식하거나 족자를 걸어놓음.
** 농가 등에서 마룻바닥을 사각형으로 도려 파고 난방용·취사용으로 불을 피우는 장치.

27

나처럼 완전한 일본 가옥에 살고 있는 사람은 동화에 나오는 듯한 서양식 집들이 부러워 견딜 수가 없었다. 그러나 이런 서양식 집은 곧 진주군이라 불리던 미국인 가족의 주택으로 접수(接收; 권력으로써 다른 사람의 소유물을 일방적으로 수용함)되어 버렸다. 그들은 우리 집 같은 낡은 일본 가옥은 거들떠보지도 않았기 때문에 결과적으로는 집을 빼앗기지 않았다.

　미국인들이 차지한 집 중에는 당연히 일본 다다미방을 남긴 집도 있었다. 미국인들은 그곳에 들어가보고, 예를 들어 12장짜리 다다미방이라면 그곳을 부부의 침실로 만들 수 있을지도 모른다고 생각했다. 그러나 이 경우 곤란한 것은 화장실과 욕실이 연결되어 있지 않은 것이었다.

　결국 미국인들은 개축으로 이 문제를 일부 해결할 수 있을 것이라고 생각했다. 이상하게도 일본인은 다다미방의 일부에 꼭이라고 해도 좋을 만큼 전혀 사용하지 않는 공간을 남겨두고 있었다. 선반도 없다. 옷장도 없다. 도대체 이곳을 무엇에 사용했을까. 고개를 갸우뚱거린 미국인도 많았을 것이다. 거기가 도코노마였다. 그리고 거기에 미국인들은 화장실 변기를 두면 좋겠다고 생각했던 것이다.

　나는 일본인에게 있을 수 없는 합리성을 정말 좋

아하는 인간이었다. 더위와 추위, 불편함 모두 싫었기 때문에 무엇이든 편하면 좋겠다고 생각하는 게으른 습관에서 평생 벗어나지 못했다. 도코노마로서는 필시 화가 났겠지만, 거기에 이렇게 유효한 이용법이 있는 공간을 남겨두었다는 것은 획기적인 재미였다.

집을 빼앗긴 사람들은 소중한 집을 빼앗긴 것도 부족해 몇 년 후 돌려받았을 때 집 안에서 가장 고귀한 자리인 도코노마, 기둥 하나만 해도 큰돈이 들어간 도코노마가 보기에도 끔찍한 사용 목적으로 변경된 것에 대해 정말 얼마나 화가 났는지 모른다. 미국인이란 참으로 미학을 모르는 놈들이라는 경멸로 화를 참았던 건지, 아니면 나처럼 '좋은 사용법이야. 우리는 생각지도 못했어.' 라고 재미있어했던 건지는 모르겠다. 어쨌든 당시에는 전쟁 재난에 대한 국가적 보상이라는 관념은 전혀 없었다. 그리고 사람들 의식에도 인생에는 반드시 불운이 있다는 생각이 박혔던 시대였다. 변기가 들어선 도코노마를 복구시킬 만한 여력은 없었다. 국가에 그것을 요구하지도 않았다. 체념밖에는 다른 방도가 없었다.

우리 집에서도 가장의 권위라는 것이 이미 무너졌음을 그 시절 아직 10대 초반이었던 내 반응을 봐도 알 수 있다. 나는 전쟁 전에 태어났다. 그런데 전쟁 이후에 태어나 민주주의와 남녀평등을 배경으로 자라난 세대까지 현재도 여차하면 장남 부부에게 노후를 의탁하고 싶어하는 사람들이 많은 데 놀라게 된다. 그 이유를 전혀 모르겠다.

많이 일한 자가 많이 취한다

 세계적으로도 현재 장자 상속의 전통을 가진 문화는 많지만, 그 반대로 젊은 자식에게 '가독(家督; 맏아들의 신분)'에 해당하는 것을 상속시키는 경우도 없지 않다. 그것은 유목민에게 많다고 한다. 나이 많은 자식은 일정한 머릿수의 가축을 주어 독립시키고, 부모가 고령이 되면 가장 나이 어린 아들 중 한 명이 (이런 사회에서는 대부분의 경우 족장은 여러 명의 아내를 두고 있기 때문에) 늙은 아버지의 뒤를 잇게 된다. 상속은 당연히 사회적 전통이나 형편을 고려해 이뤄지는 셈이다.
 내 생각에는 자연스러운 게 좋을 듯싶다. 운명적으로 혹은 성격적으로 부모와의 동거를 기꺼워하는 아이가 자녀 중에는 있기 마련이므로 그에게 짐을 맡기는 것이다. 경제적으로 불운해서 자기 집을 구하지 못한 자녀가 집세도 아낄 겸 부모와 함께 사는 경우가 많은데 나쁘지 않다고 본다. 부모 자식 간에 동기의 불순함은 죄가 되지 않는다. 가끔은 자녀가 집세도 못 낼 형편인 가정은 얼마나 행복한가, 라고 생각한다. 어쨌든 부모와 자녀가 함께 살아갈 수밖에 없으니 부모 입장에서는 더 이상 좋을 수 없다. 집세 등은 악의가 없는 이유이므로 나쁘지 않다.

그런 뚜렷한 이유가 있으면 부모와 살면서 불만이 나오지 않는다. 자녀의 배우자인 며느리나 사위도 그런 분명한 이유 앞에서는 불만을 토로하지 않는 경우가 많다.

장자 상속의 불합리성은 장남에게만 재산을 물려주는 일이 없어지고 모든 자녀들이 동등하게 재산 상속권을 갖게 됨으로써 더욱 심화되었다. 때로는 고령의 부모 두 사람의 생활비뿐 아니라 일상생활을 돌보다가, 그 부모가 죽으면 아무것도 돕지 않은 동생들과 유산을 나눠 받는다. 이것은 아무래도 어불성설이다.

부모 눈에는 모든 자녀가 예쁘고 귀엽다. 그러나 인생에서는 많이 일한 자가 많이 취하는 것이 정답이다. 나는 그런 관점에서 공산주의적인 생각에 공명한 적이 한 번도 없다. 철저한 공동생활을 지향하는 이스라엘의 키부츠(농업 및 생활 공동체)가 성공한 사례는 있지만, 그 기능이 계속되리라고는 믿지 않는다.

인간성에는 위대함과 야비함이 공존한다. 그것을 인정하고 눈앞의 현실을 바라본다. 제도를 만든다. 그렇지 않고서는 세상이 똑바로 돌아가지 않는다. 국가는 상속 제도를 다시 생각해야 한다. 장자든 막내든 부모를 책임지고 돌봐온 자녀에게 부모의 전 재산이 돌아가지 않는다면 나이 든 부모를 두고 자녀들이 보기 흉하게 싸우는 한심한 꼴을 계속 보게 될 것이다. 그리고 모든 사람은 삶의 최소한은 보장받아야 마땅하지만 여유분은 더 일한 사람에게 돌아가야 한다. 요즘 유행하는 말로 그것이 '정의'다.

'리어왕'도 풀지 못한 비극

그러나 부모와 자식 사이에도 존재하는 이런 금전적 이해관계를 있는 그대로 보려는 부모는 그리 많지 않다. 리어왕은 마지막 순간까지 세 딸의 성격과 효심을 간파하려고 했으나 실패했다. 17세기 초에 태어난 셰익스피어의 대표작 중 하나가 다룬 이 어리석은 비극은 현대에도 해결되지 않고 있다.

그 증거로 많은 부모들이 장남 부부와 함께 살면서 돌봐주는 그 며느리를 욕하고, 따로 살다가 가끔 부모를 문안하기만 하는 둘째 며느리를 칭찬하는 어리석은 짓이 아직도 계속되고 있는 것이다.

맏며느리는 늘 시부모와 함께 살아야 하니 언제나 좋은 얼굴만 할 수는 없다. 따로 사는 둘째 며느리는 어쩌다 한 번씩 찾아온다. 그마저도 몇 시간이 채 안 된다. 그 정도라면 아무리 차가운 며느리라고 해도 애교 섞인 목소리로 "아버님, 건강 조심하세요. 어머님도 무리하지 마시고요."라고 애틋하게 관심을 쏟는 것이 가능하다. 그래서 어리석은 노인은 둘째 며느리는 착한데 맏며느리는 돼먹지 못했다고 생각하는 것이다. 그런 간단한 속임수도 모를 정도로 눈이 흐린 노인들도 세상에는 꽤 많아 보인다.

문학은 이제 쓸모없다고 말하는 사람이 있다. 하지만 고민 상담 거리가 없어졌다는 얘기는 들어본 적이 없다. 내가 젊었을 때부터 반세기 이상이나 고민 상담은 조용한 붐, 베스트셀러다.

고민 상담을 하는 사람의 심리에는 여러 가지가 있을 것이다. 정말 어찌해야 좋을지 몰라서 상담을 하는 사람도 있다. 그러나 고민 상담의 대부분은 어딘가에서 사회 정의를 행사하려는 열정과 관계가 없지 않다. 즉, 이런 무법한 인간이 있기 때문에 자신은 그것에 시달리고 있으며, 실명은 숨겨주더라도 현실을 사회에 폭로함으로써 그 사람에게 직간접적인 벌을 주고 싶은 열정이다.

얼마 전 한 아버지의 고민 상담이 어느 신문 지면에 나왔다.

딸은 서른 살이라고 한다. 그녀는 10년 동안이나

프리터*였던 약혼자와 사귀어왔다. 약혼식에는 양쪽 부모가 모두 참석했다고 한다. 결혼이 연기된 것은 그가 일정한 직업을 얻은 후 결혼할 예정이었기 때문이다.

그런데 요즘 들어 남자가 메일로 파혼하고 싶다고 해서, 오랫동안 그를 믿었던 딸은 큰 충격을 받았다. 아버지가 남자에게 전화해 오랫동안 사귀었는데 이런 법이 어디 있느냐고 해도 남자는 죄송합니다, 라고 사과할 뿐 이별에 대한 의지는 변함없었다. 회사에서 알게 된 20대 여성을 좋아하게 된 것이 그 이유였다. 그는 이제 막 정규직이 되었는데 말이다.

아버지는 아무래도 마음이 가라앉지 않는다. 딸의 소중한 20대를 희생물로 만든 남자에게 정당한 대가를 치르게 하고 싶은데 방법이 없겠나, 라는 생각에 신문의 고민 상담을 찾게 되었다고 한다.

위자료를 상대방에게서 받을 수는 있다고 한다. 그게 잘 안 될 때는 법률 상담소에서 조언을 받으면 좋겠다고 응답자는 썼다. "무엇보다 이런 불성실한 상대와 결혼하지 않아도 됐다고 긍정적으로 생각하시는 게 어떻겠습니까." 라는 뜻의 지혜로운 답변도

---

* 프리 아르바이터(free+Arbeiter)의 준말로, 일정한 직업이 없이 아르바이트 형태로 여러 가지 일을 하는 자유직업인.

곁들여졌다.

정말 그렇다. 누구나 '변심' 할 수 있다는 것을 인간은 알고 있어야 한다. 나무든 돌이든 철이든 시간이 지남에 따라 변하게 마련이다. 즉, 녹슬거나 부서지거나 어쨌든 뭔가 전에 없던 변질이 일어난다. 나는 과학적 사고방식에 극도로 약한 사람이지만, 변하지 않는 물질은 없다는 것 정도는 알고 있다.

세 번째 이야기

부모와   자식

'부모는 필요 없다' 는 외침

인간관계를 주제로 글을 쓰려면 제일 먼저 여러 잡지와 신문 기사의 고민 상담을 스크랩해두었어야 했다. 진작 생각해냈어야 하는데 몇 개월 전에야 깨닫게 되어 아쉬웠다. 그런데 곰곰이 생각해보니 재료가 될 만한 이야기를 굳이 다른 데서 찾을 필요가 없다는 것을 알게 되었다. 자극이 되는 소재는 주변에 널려 있기 때문이다. 너무 흔해서 미처 의식하지 못한 게 아닌가싶었다. 너무 많아서 오히려 게으름을 피웠던 것이다.

딸이 이런 끔찍한 취급을 했다. 손자를 함부로 다룬 며느리를 용서 못한다. 이런 유의 원통함, 우려, 혐오는 마르지 않는 샘물이다. 인생의 모든 순간에

40

분출되고 있다. 개중에는 몸통은 사라진 채 감정만 강렬하게 남아 있는 것도 있다. 한 가지 꼽자면 어느 여성이 잡지에 투고한 것으로 '부모는 필요 없다'는 외침이었다.

그녀의 부모님이 어떤 분인지, 그녀에게 무엇을 요구했는지는 기억나지 않는다. 원문을 버려 정확하게 쓸 수는 없지만, 어디서나 볼 수 있는 흔한 내용이었다. 다만 명확하게 기억나는 것은 "내 인생에 더 이상 부모님은 필요 없습니다."라는 한 문장이다.

현역 작가로서 인간의 악(惡)은 좋은 소재다. 당연히 관심이 있다. 인간이 산다는 것은 대부분의 경우 선과 악을 모두 껴안는 것이다. 그러나 세상에는 자신이 '좋은 사람'이라고 확신하는 사람 또한 꽤 있는 것 같다. 특히 최근에는 인도적 의지를 행동으로 보여주는 것이 작가의 세계에서도 이루어지고 있고, 그것을 하지 않는 것은 인도주의에 어긋나기 때문에 좋은 작가가 아니라는 분위기도 없지 않다. 하지만 좋은 작가라는 것은 인도적이든 아니든 좋은 작품을 쓰는 사람이라면 좋겠다고 생각하는 나는 가끔 우울한 기분이 든다.

딱히 인간의 악에 등급을 매기거나 평가를 하는 것은 아니지만, 세상의 모습을 보고 있으면 인간이

41

저지를 수 있는 '악'이라는 게 뻔하다는 것을 알게 된다. 아담인지 이브인지 누군지 모르지만, 이미 우리보다 앞서 살았던 사람들이 온갖 죄의 형태를 대강 집대성해서 보여준 것이다.

새로운 죄란 없다

가톨릭 신부들은 일생을 신께 바치기로 약속하기 이전에 긴 수련의 세월을 보낸다. 가톨릭에서는 신부에게 죄를 고백하고 신에게 용서를 구하는 '고해'라는 제도가 있는데, 고해의 내용은 설령 죽인다고 협박을 받아도 발설해서는 안 된다고 되어 있다. 고해를 들은 신부는 죄를 지었다고 자각하는 사람에게 적절한 충고를 할 수 있도록 죄에 관한 온갖 철학적, 신학적 공부를 해왔을 터이다.

종교에서 정의란 우리가 생각하는 것처럼 평등과 자유를 가리키는 것이 아니라, 신과 인간(개인) 사이의 '제대로 된 관계'를 가리킨다. 신과의 제대로 된 관계는 인간이 죄를 범하는 순간 왜곡되고, 인간은 그 관계를 바로잡고자 죄를 뉘우치고 선행을 베푼다. 그것이 신학이 바라보는 정의다. 따라서 신부는 그것이 가능하도록 죄인에게 실질적인 충고를 베풀어야 한다. 그래서 신부들은 모든 죄의 형태를 배운다.

언젠가 아는 신부에게 물어본 적이 있다. 저 좁은 고해실의 격자 너머로 (격자인 이유는 고해하는 사람의 얼굴이 고해를 듣는 신부에게 잘 보이지 않게 하기 위해서다) 속삭이는 내용을 듣고 하마터면 뒤로 나자빠질 정도로 놀란 적이 있느냐는 질문이었다.

나는 80년 넘게 살았다. 그동안 세상에 존재하는 대략적인 죄악은 겪어도 봤고 들어도 봤다. 영국을 뒤흔든 '잭 더 리퍼(Jack the Ripper)'*의 범죄는 피해자인 살해된 여성보다 남겨진 우리들에게 더 큰 공포다. 사망한 그녀들에겐 더 이상의 고통이 없지만, 피해를 입지 않은 우리의 등골은 그 이야기를 듣게 될 때마다 소름이 돋는다.

사드 후작이 썼다는 몇 개의 작품을 번역본으로 읽어봤다. 그 대부분은 엽기적이라는 말로 표현되

---

* 1888년 영국 런던의 화이트채플 지구와 그 주변의 빈민가에서 활동한 신원 미상의 잔악한 연쇄 살인범.

는 경우가 많듯이 확실히 비정상적인 행동의 극한을 보여주며 현실과 동떨어진 것이었다. 사드의 작품은 문학 작품치고는 표현이 너무 난폭해서 높게 평가할 수는 없었다. 내 손으로 조금 다듬는다면 훨씬 낫지 않을까 생각은 해봤는데, 사람들이 나를 이상한 눈으로 쳐다볼 것 같아 아직 한 번도 말해본 적은 없다.

'잭 더 리퍼'나 '사드 후작'은 그 당시엔 놀랄 만한 범죄와 퇴폐였을지 몰라도, 이제는 다분히 정형화된 흔한 범죄가 되었다. 이런 흔한 이야기가 아닌 "인간이 과연 이토록 복잡한 죄를 생각해낼 수 있는 존재였던가. 나는 인간에 대해 아무것도 몰랐구나." 라고 절망하는, 지난 몇 년간의 신학적 공부가 물거품처럼 느껴질 만큼 충격적인 죄악의 고백을 고해실에서 들어본 적이 있었느냐고 물어본 것이다.

신부의 대답은 실망스러웠다. 내가 기대했던 전혀 '새로운 죄'라는 것은 들어보지 못했다고 했다.

물론 신부 입에서 고해의 구체적인 내용을 들을 수는 없는 거니까, 나는 더 이상의 설명을 요구하지는 않았다. 인간과 세상을 공부한 신부도 눈을 비비고 볼 정도로 매우 놀랐다고나 할까, 깜짝 놀라서 어떻게 할 바를 몰랐다고나 할까, 그만한 죄가 이 세상에 없다는 것에 마음 한편으로 낙담한 것도 사실이다.

다시 말해 우리가 범하는 죄의 대부분은 유감스럽게도 평범한 것이다. 세상이 깜짝 놀랄 만한 요소는 어디에도 없다. 옴 진리교의 지하철 사린(sarin; 신경가스계 독가스의 하나) 사건이라든지, 고베(神戶)의 사카키바라(酒鬼薔薇) 소년이 저지른 토막 살인 사건 같은 것은 확실히 매우 병적인 살인이다. 하지만 그것은 범인의 비정상성을 보여줄 뿐, 오히려 보편적인 인간 심리와는 거리가 멀다. 그리고 우리 주변에서 흔히 만나게 되는 죄악은 보편적 심리에서 만들어진 것들이 대부분이다.

날이 갈수록 우주에 관한 해명의 한도가 터무니 없게 확대되어가고 있다. 그와 마찬가지로 좋고 나쁨을 떠나서 인간 심리의 한계도 그 어느 때보다 광대하고 깊은 한계를 나타낼 수 있지 않을까 기대하고 있었던 것 같다. 그런데 인간의 마음은 그다지 복잡한 것이 아닐지도 모르겠다. 최근에는 인간의 의지가 어떻게 인간의 행동으로 전달되는지 그 세부적인 방법까지 해명되어온 것 같다. 하지만 그 내용 자체는 예로부터 그다지 획기적으로 변했다고는 생각되지 않았다.

그러나 '별로 변하지는 않았다'는 것은 아마도 인간에게는 구원일 것이라고 생각한다. 세상 사람들 대부분이 나에 못잖게 게으르다. 우리는 획기적인 것을 바라지 않는다. 생각하는 것도 귀찮다. 사고의 비약을 평범한 우리 생활은 따라가지 못한다. 그럭저럭 하루하루 살아가고 싶은 것이다.

2억 6000만 분의 1의 강운(强運)

부모는 필요 없다고 말한 여자 이야기로 돌아가
본다.

그 '고민 상담'은 꽤 드문 일이었다고 생각한다.
세상에는 부모 때문에 시달림을 받는 자녀도, 자녀
때문에 어려움을 겪는 부모도 많다. 그래도 부모 자
식 간의 관계를 함부로 끊지는 못한다.

부모가 자녀에게 시달림을 받더라도 부모는 자
녀를 함부로 버리지 못한다. 왜냐하면 자녀의 출생
과 성장은 전적으로 부모의 책임이기 때문이다. 재
미난 사실은 부모를 하나도 닮지 않은 자녀가 태어
나기도 한다는 점이다.

생물학적으로 인간이 수태되기 전, 한 번의 성행

위로 2억 6000만 개의 정자가 방출되고, 그중 단 한 개가 여성의 난자에 도달해 수정이 완료된다고 한다. 이 2억 6000만 분의 1이라는 확률, 그만큼 치열한 생존 경쟁이라는 것은 세상 어디에도 유례가 없는 비율일 것이다.

대학 입시 경쟁률이 10 대 1, 20 대 1이라고만 들었을 뿐인데, 두려워하기도 전에 포기하고 있다. 그래서 2억 6000만 분의 1이라는 정자의 경쟁률을 들으면, 최후의 1개를 믿고 돌진한 정자를 '그놈은 바보구나.' 라고 생각할 수도 있다. 억만장자를 꿈꾸며 섣달그믐에 복권 추첨을 보러 가는 사람은 아직 제정신이지만, 2억 6000만 분의 1을 믿는 정자는 바보처럼 보인다. 물론 정자는 그 확률을 모르기 때문에 싸울 수 있을 것이다. 달리 말하면 그 정자 하나는 운이 아주 강했던 한 개다.

세상에 태어난 것부터가 운이 나빴던 거예요, 라며 고개를 떨구는 사람도 있는데, 생물학적으로 말하면 모든 인간은 엄청난 강운(强運)의 유전자를 계승했다. 어쨌든 누구나 2억 6000만 대 1의 경쟁에서 승리한 강자의 후손이기 때문이다. 그렇다고 그 정자가 인간의 개체로서 원만하다든가 우수하다든가 기력이 넘친다든가 하는 특별한 우수성이 주어진다는 보장은 없지만 말이다.

자녀들이 부모를 버리지 못하는 것 역시 출생이 부모 없이는 있을 수 없다는 것을 보통 지능이라면 누구나 인식하고 있기 때문일 것이다. 즉, 자신이라는 존재가 이 세상에 있는 것은 부모가 마음에 들든 안 들든, 낳은 사람 없이는 자신이 있을 수 없다는 것을 부정하지 못한다.

그 투서를 한 여자의 설명은 대략 다음과 같았다. 내 기억이 가물가물한 점은 양해를 구한다. 그동안 읽은 상담 내용과 뒤얽혀 조금 엇나갔을 수도 있지만 기본 내용은 정확할 것이다.

그녀는 말하길, 자기가 어렸을 때는 부모님의 뒷바라지로 컸을지도 모른다. 하지만 지금은 독립했다. 그리고 그녀의 개성은 부모와 다르다. 따라서 살아가는 방법도 다르다. 그런데 부모는 여전히 그녀의 생활에 간섭한다. 생활 방식, 취미, 경제에 이르기까지 참견하려 든다. 그때마다 그녀의 생활이 흐트러진다. 그녀는 지금 부모의 도움 없이 살아갈 수 있다. 그걸 알면서도 부모는 과거의 보살핌을 들먹이며 그녀가 이룬 성과를 나눠 달라고 요구한다. 그래서 그녀는 말한다. '부모는 필요 없다'고.

내가 느낀 첫인상은 이렇다.

여자의 말투에서 느껴진 것은 인간과 다른 야생성이었다. 이 사람의 감각은 인간이라기보다는 야생 동물에 가깝다는 것이다. 야생 동물 중에도 강렬하게 피를 의식해 근친 교배를 막는 구조가 만들어져 있는 종도 있다지만, 일단 성장해버리면 어미와 아들, 아비와 딸의 분간이 없어지는 것도 많다. 부모가 필요 없다는 사람은 그런 의미에서 야성적이다.

인간에게는 다른 동물과 달리 시간관념이 있다. 하기야 코끼리는 죽은 동료의 '유골'에 달라붙어, 때로는 그 뼈를 코로 안고 애무하는 몸짓을 보이기도 한다고 한다. 하지만 본 적도 없는 조부모를 의식하는 일은 아마 없을 것이다.

그에 비해 인간에게는 역사가 기억되어 있다. 의미를 지닌 것은 현재만이 아니다. 과거도 생각하고 미래도 생각한다. 그 의미를 찾지 못하는 인간은 동물에 가깝다고 봐야 한다. 그것을 어리석다고 단언해도 되는지는 모르겠다. 겪어보지는 못했으나, 과거와 미래를 생각하지 못하게 된다면 지금보다 훨씬 단순한 동물로 살아가게 되리라는 것은 알고 있다.

그 차이는 쉽게 말해서 이런 것이다. 화가 나서 상대를 죽이는 것과 상대를 죽이고 토막 내는 것. 전자는 동정 받아도 후자는 동정 받지 못한다. 그렇긴 해도 나는 어떤 정경을 떠올리고 만다.

바로 얼마 전의 일이다. 해변의 생선가게에서 광

어 서덜*을 팔고 있었다. "아침에 들어옴"이라고 써 붙여놓고 신선함을 내세우고 있었다. 나는 그 서덜을 보다가 깜짝 놀랐다. 아마도 그 생선가게에서는 커다란 광어를 살점은 회로 팔고, 나머지는 적당한 크기로 잘라내 서덜로 파는 것 같은데, 비닐에 든 대가리 부분이 아직도 꿈틀거리고 있었다.

아가미를 벌렁거리는 횟감을 보고 잔혹하다며 먹지 않는 사람도 있다. 나는 어느 쪽인가 하면 생체 반응이 끝난 후에야 젓가락질을 하는 쪽이지만, 그날은 결국 그 서덜을 사고 말았다. 이 정도로 신선한 재료는 요즈음 여간해서는 살 수 없다는 실리적인 마음과 광어 서덜을 우려낸 맑은 장국 역시 더없이 훌륭한 맛이기 때문이었다. 그런 나를 외국 사람이 봤다면 아주 잔혹한 사람으로 여겼을 것이다. 하지만 나는 생명에 대해 아주 잔혹한 처사를 아무렇지 않게 선택했다.

이 지구상에는 모기조차 때리지 않고 손으로 살짝 쫓아내는 사람이 있는 반면, 가난한 아프리카에서는 말라리아로 수많은 사람이 죽어간다. 잔혹한 처사라는 것은 도대체 어떤 것을 가리키는 것인지

* 생선의 살을 발라내고 난 나머지 부분. 뼈, 대가리, 껍질 따위를 통틀어 이르는 말.

나는 아직도 잘 모르겠다.

　다만 일단 사물을 공간적으로도 시간적으로도 연속된 것으로 인식할 수 없다는 것은 일종의 재능 결여라고 해도 좋을 것이다. 그 판단 과정에 모순이 있고 없음은 또 다른 것이다. 그 연속된 감각이란 특별히 뛰어난 재능이 아니기 때문에, 그것이 결여된 사람은 보통 인간에게 갖추어져 있는 감각이 없는 사람이고, 잔혹하다고 말하기 전에 아마 사람으로서 미숙하거나 온전치 못하다고 말해도 좋을 것 같다.

　여기에는 딸에게 필요 없다는 말을 들은 어머니가 정황 설명상 등장하지만, 그 입장에 대한 변명은 이뤄지지 않고 있다. 그 어머니는 자신에 대해 투서된 것조차 모를 수도 있고, 그 글을 읽었다고 해도 그것이 자신에 대한 것이라고는 전혀 생각하지 않는 사람일 수도 있다.

　이런 딸을 가진 부모는 딱하다고 해도 좋을 것이다. 특별히 인도적인 의미에서가 아니다. 이 세상을 계속 봐오면서 내가 실감하는 바로는, 인생에 필요 없는 사람은 없다는 것이다. 그녀의 부모가 현실에서 어땠는지는 모르겠다. 딸의 입장을 떠나 누군가에게 필요 없다는 말을 듣게 된다는 것은 그들이 타고난 공리적인 재능을 허비하고 있다는 뜻이 된다. 세상에 불필요한 사람은 없다고 강변할 생각은 없다. 그저 어떤 인간도 세상이라는 곳에서는 재미있다는 말이 하고 싶을 뿐이다.

살인, 방화, 강도, 사기, 위조지폐 만들기, 강제 추행, 스토커 행위, 마약 밀매 등을 하는 사람들은 모두 곤란한 존재들이다. 그렇다고 나와 다른 인간이 살아간다는 이토록 재미난 사실을 부인한 채 지구상에 올바른 사람만 남게 되었으면 좋겠다고 말해서는 안 된다.

네 번째 이야기

관계의   기본

우정이 아닌 관계

인간관계란 이득으로 따져서는 안 된다. 이익이 되느냐 안 되느냐로 상대방을 선택한다는 발상은 상대방을 상거래 대상 또는 거래처로 보고 있다는 증거다. 그것도 나름대로 관계가 명확해지는 장점은 있지만 그것은 인간 본연의 유대는 결코 아니다.

그런데 이를 두고 개인적인 인간관계라고 착각하는 사람들이 흔히 있다. 여기 어느 단체의 대표가 있다. 그리고 그를 다정하게 대해주는 사람들이 있다. 그는 자기에게 다정한 사람들을 보며 친구라고 생각한다. 하지만 그가 지위를 잃고 대표라는 자리에서 내려오면 그토록 다정했던 사람들이 그와 아는 척도 하지 않는다. 이런 상황이 너무 많다. 상대는 자신을 한 인간으로 본 것이 아니라 조직의 대표로서 사귀고 있었기 때문에 자신이 조직을 떠나면 더 이상 교제의 대상으로 생각하지 않는다.

현명한 사람임에도 이를 깨닫지 못할 때가 많다. 나는 그게 잘 이해가 안 된다. 물론, 조직의 책임자는 상대가 누구든 지위를 보고 접근하는 사람인지 여부를 잘 터득한 다음에 교제해야 할 의무가 있다. 나 또한 어쩔 수 없이 한 단체를 대표하는 자리에 있었다. 나는 미리부터 조금 심하다 싶을 정도로 대외적인 교제만 나눴다. 그랬음에도 지위에서 물러난 후까지 진정한 친구가 되어준 분들이 많다. 따라서 앞서의 예가 무조건 옳다고 말하지는 않겠다.

보통은 소꿉친구라든가, 같은 마을에 살았다든가, 운동하면서 친하게 된 사람들과는 오랫동안 교제가 이루어진다. 성격과 취미, 공유하는 개인의 역사 중 어딘가에 확실하게 일치하는 점이 있기 때문이다.

이득으로 움직이는 관계는 대신할 사람을 금방 찾을 수 있다는 점에서 꽤 편리하다. 거래처의 A씨라는 사람이 아무래도 나쁜 놈이라고 생각하면 그곳과는 거래하지 않는다. 혹은 교섭 상대인 A씨를 B씨로 바꿔달라고 할 수도 있다. 그런 식으로 인간관계의 불편함을 해소하는 것이 가능하다.

나는 매스컴의 세계에서 반세기나 살아왔다. 친해진 사람도 그 분야의 사람이 많다. 대부분은 일 때문에 알게 되었지만, 일을 떠나 우정이 지속된 경우가 많다. 내 나이가 되면 상대도 거의 최일선에서 물러나 있다. 그러나 그런 것은 문제가 안 된다. 원래부터 직함이나 이익을 의식한 사귐이 아니었기 때문이다. 내 소설을 오랫동안 지켜보고 옆에서 도와준 사람과 꼭 친구가 된 것도 아니다. 다만 어떤 사람과 삶의 방식에서 어딘가 파장이 맞았을 뿐이다. 이런 사람과는 아마 죽을 때까지 서로의 체력이 유지되는 한 친분이 지속된다. 그 사람과는 비즈니스와 전혀 관계가 없는 것이 오히려 나에게는 유효했다.

내가 우정을 구축할 때 필요로 했던 것은 그 사람이 허세를 부리지 않고 권력주의자도 아니어야 한다는 점이다. 이런 선택지는 나 스스로 생각해도 단순하다. 나와 교제하는 사람을 다른 사람에게 소개할 때, 바로 직함이 문제가 되거나 핸드백 브랜드가 신경 쓰이거나, 그 사람의 친척은 아무튼 장관이니까 말투에 주의해야 한다고 생각하는 사람과는 오래가지 못했을 것이다.

다른 사람과의 교제는 담담하게

인간관계라는 것은 피할 수 없는 상태에서 시작된다. 부모와 자식의 관계도 그렇다. 딸이나 아들도 부모를 선택해서 태어난 것은 아니다. 마찬가지로 부모도 옷을 살 때처럼 마음에 드는 아기를 선택하지는 못한다. 그것을 생각하면 부모와 자식 관계라는 것은 참으로 복잡한 정황을 주고 인간을 단련시켜준다.

보통은 부모가 자식을, 자식이 부모를 버리지 못한다. 그래서 요즘의 부모 살해, 자식 살해 같은 사건을 보고 있으면 부모를 죽이고 싶을 만큼, 자식을 죽이고 싶을 만큼 싫다면 왜 버리지 않았을까 싶을 때가 많다.

옛날에 아직 10대 초반이었을 무렵, 나는 아버지와 지내는 것을 견디지 못해 집을 떠날까 생각해본 적이 있었다. 그러나 초등학생이나 중학교 1학년이었던 나는 집을 나와도 살 만한 데가 없었다. 아동복지법이라는 것이 제정된 것이 1947년의 일이라 하니, 부모도 집도 잃은 고아가 전쟁의 잿더미 속에서 부랑아라고 불리며 들개와 같은 생활을 할 수밖에 없었다는 것을 이제야 알 수 있다.

현대인들은 아이가 빈집 처마 밑이나 하수도관 속에서 자는 것을 상상할 수 없고, 만약 그렇게 되었다면 반드시 행정 기관이 보호해주었을 것이라고 생각한다. 그러나 내가 어렸을 때만 해도 생활 보호(1946년에 구 생활보호법이 제정되고 1950년에 개정되었다고 한다.)니 아동 상담소니 하는 것은 일반 대중의 지식 범위에는 없었다.

그 대신 마을의 부자, 친척 어른, 친절한 지인이 어려운 사람을 돕는 아주 자연스러운 인간관계가 지금보다 더 확실하게 작동하고 있었다. 요즘은 개인이 타인의 곤궁한 생활을 돌보는 일은 전무해졌다.

초등학교 6학년이 스스로 살아갈 수 있었다면, 나는 집을 나갔을지도 모른다. 자기 집이 살기 어려우면 집을 나가는 결단도 내려졌다. 요즘 시대에는 모두가 집 안에 틀어박혀 가족끼리 싸운다. 세상 물정 모르는 어린 자녀와 철이 덜 든 부모가 살기 좋은 집을 떠나지 않고 집에서 서로 다투고 있다. 어쨌든 사는 곳은 냉난방이 완비되어 있고, 목욕탕에도 갈 필요가 없는 욕실이 몇 개씩 있다. 대부분의 경우 어머니가 세 끼 식사와 세탁 서비스를 제공한다. 게다가 집세도 낼 필요가 없다. 그러니 집을 뛰쳐나갈 이유가 없다. 그 모습이 딱하게 느껴진다.

물론 어느 시대에나 불쌍한 사람들이 있기 마련이어서 나처럼 불행한 가정사를 포기하지 못하고 끝내 참아낸 사람이 있는가 하면, 결국에는 몹쓸 짓을 저지르는 사람도 있다. 하지만 사람이 죽으면 어떻게 해도 원래대로 돌아가지 않는다. 타인이 맡긴 거금을 잃어버려도 마음만 먹으면 평생토록 일해서 갚을 수 있겠지만, 사람의 목숨만은 되돌릴 수 없다. 그래서 자신이든 남이든 죽이는 것만은 하지 않고 살 방법을 찾아야 되는 것이다. 좋은 대학을 나오고도 이런 기본적인 생각조차 못하고 큰일을 저지르는 사람들이 점점 늘어나고 있다.

나는 집을 나가도 살아갈 자신이 없었기 때문에 가출을 하지 않았다. 나름 계산이 빠른 아이였던 셈이다. 그 덕분에 지금은 모든 어리석었던 행동과 생각을 떠올리며 웃을 수 있다. 나는 항상 '평범하게 사는 길'을 택했다. 타인을 너무 곤란하게 하지 않기 위해서였지만, 그것은 꽤 중요한 일이라고 생각한다.

게다가 나에게는 선택의 기준이 하나 더 있었다. '너무 연극 같은 일은 하고 싶지 않다'는 생각이다. 그런 극적인 상황은 여배우라든가 유명한 사람 등, 어쨌든 소문이 나더라도 나름대로 어울리는 사람들의 몫이지, 나처럼 평범한 서민에게는 일어나지 않는 게 좋다고 믿고 있었다.

다른 사람과의 교제는 담담한 것이 좋다고 생각하며 살아왔다. 소설가로서는 좋아하는 상대와 '피투성이'가 될 것 같은 갈등도 해보고 싶다. 그러나 대부분의 세상은 현실이다. 가상의 소설이 아니다. 현실이라는 테두리에서 벗어난 짓은 폐가 될 것이라고 제동이 걸린다.

나는 내 고민을 털어놓는 것도, 다른 사람의 고민을 듣는 것도 좋아하지 않는다. 상대방의 생활에 어디까지 개입해야 할지 잘 모르겠다. 나는 사람들이 고민을 말하기 시작하면 건성으로 듣는 버릇이 있었다. "나 있잖아, 그분한테 여러 가지 상담을 받았는데."라고 의기양양하게 말하는 사람은 세상에 흔하지만, 나는 그런 자세를 좋아하지 않았다.

그뿐 아니라 나에 관한 이야기도 잘 하지 않는다.

재미도 없는 이야기를 듣게 한다는 것도 미안하고 무엇보다 나에 대해 알고 싶어 하는 사람은 별로 없으니 착각하지 말자고, 젊었을 때부터 스스로에게 타일렀다.

체념이야말로 가장 유효한 인간관계

아마도 30대였을까? 마르쿠스 아우렐리우스의 《명상록》을 읽고 정말 놀랐던 기억이 난다. 거기에 써 있는 것은 대부분 내가 느끼고 있는 것과 똑같았다.

"맞서야 하는 상황에서 할 수 있는 가장 위대한 것은 쫓지도 피하지도 않고 끝내겠다는 것이다."

라고 아우렐리우스는 쓰고 있다.

"그럴러면 인생에서 몇 가지만 확보하고 나머지는 모두 내려놓아야 한다. 아울러 다음 사항을 명심하라.

사람은 모두 현재의, 이 순간이라고도 할 수 있는 삶만을 사는 것임. 그 외에는 이미 살아버린 것,

혹은 살게 될지 확신할 수 없는 불확실뿐이다. 그렇다, 누구나 인생은 짧으며, 그가 사는 곳 또한 이 대지 중 한 구석에 불과한 아주 작은 점일 뿐이다. 사후의 명성이라고 해서 비록 비할 데 없는 명맥을 유지한다고 해도, 필경 짧은 것이다."

그렇지 않아도 우리의 생애는 금방 잊힌다. 고마운 일이다. 사람은 죽는 날부터 착실하게 잊힌다는 확고한 목적을 향해 걸어가는 여행을 떠난다. 세계 과학자들이 우주 공간을 쏘아올린 위성의 파편 천지로 만들고도 전혀 청소를 생각하지 않았던 것과는 다르다(가장 최근에는 청소를 하자는 계획도 나오는 것 같은데). 우리의 존재는 죽으면 자연스럽게 상쾌한 청정과 무를 향해 나아갈 수 있다.

그래서 나는 체념이야말로 인생에서 가장 유효한 인간관계라고 믿게 되었다. 모든 인간관계는, 그게 잘 안 됐을 때는 포기하는 것이다.

물론 어느 정도의 회복을 위해 노력하는 것은 의무일지도 모른다. 혹은 명백하게 잘못된 사실로 상대방에게 명예를 훼손당했다면, 신속하게 고소하고 재판에 회부하는 것도 방법일 수 있다. 하지만 이런 방법이 효과적으로 작용하리라고 기대하는 것은 대부분의 경우 잘못된 생각이다.

상대방의 잘못을 지적해 반성하게 하는 것, 내 행

동의 참뜻을 이해시키는 것, 내가 상대방을 얼마나 고려해주고 있는지를 알게 하는 것 등은 처음부터 포기하고 넘어가야 한다. 체념이다. 그래야만 나의 인간성이 유지되고 평온한 마음으로 살 수 있다는 것을 발견했다. 친구에게 오해받는 것도, 가족 중 누군가와 말이 안 통하는 것도 처음부터 포기해버리면 아무 일도 아니다. 그 결과 "나 자신의 영혼 속만큼 더없이 평화롭고 한적한 은신처를 찾을 수 없다."고 말한 아우렐리우스 정도는 아니더라도, 나는 다른 사람과의 항쟁에서 도망침으로써 큰 바다의 거센 파도에 휩쓸려 가기 전에 바닷가를 떠날 수 있었다.

아우렐리우스는 마음의 평안을 유지하는 본질적인 8개 조항을 마련했다고 하는데, 거기에는 다음과 같은 것들이 포함된다.

O 모든 것은 우주의 이치에 따라 일어난다.

O 잘못은 타인이 저지른 것이다.

O 일어나는 모든 일은 언제든지 그렇게 일어났고, 미래에도 일어날 것이며 현재도 도처에서 일어나고 있다.

O 모든 것은 주관일 뿐이다.

O 각자 사는 것은 현재이며, 잃는 것도 현재뿐이다.

지인 중에 한 사람, 매우 관대하다는 평을 받는 분이 있다. 누가 어떤 실수를 해도 날카롭게 책망하거나 하지 않는다. 남이 저지른 실수의 뒤치다꺼리는 얼른 스스로 해버린다.

한 번은 "정말 너그러우세요." 하고 칭찬해드렸더니 뜻밖의 대답을 입에 올렸다.

"아니에요, 난 아주 냉정한 사람이에요. 사람들한테 기대하는 것이 없거든요. 그렇기 때문에 실패해도 그렇지 뭐, 라고 생각해요. 나쁘게 될 줄 알았으니 미리부터 준비해둘 수 있었던 것이죠."

'기대하지 않는다'와 '체념한다'는 같지 않다. 행동에 시차가 있다. 기대하지 않는 것은 처음부터 나쁜 결과를 예상한다. 체념은 예상조차 하지 않는다. 기대하는 것이 없다는 이런 사람을 좋아할지 여부는 또 다른 문제다.

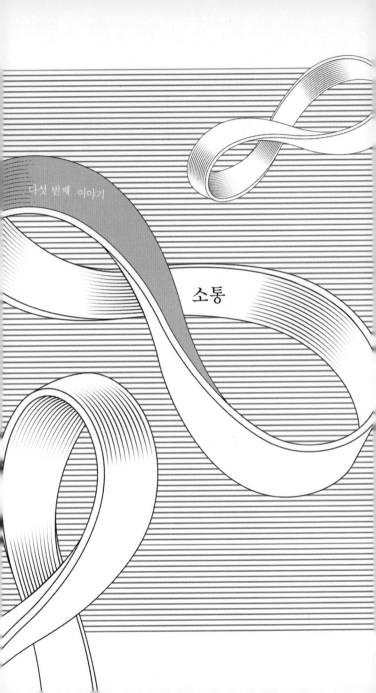

다섯 번째 이야기

소통

별난 사람, 독특한 사람

  야마다 요지(山田洋次) 감독의 〈남자는 괴로워〉 시리즈는 팬이 많다. 그러나 나는 오히려 그런 종류의 영화를 오락으로 즐기지 못한다. 사실 딱 한 편 본 적이 있는데, 그때 몸이 경직된 상태로 보느라 힘들었던 탓인지 줄거리도 잘 기억나지 않는다. 그러니 비평도 할 수 없다.

  이유는 내 정신이 유치하기 때문이다. 아이들이 이른바 어린애 속임수 같은 요괴 영화를 보고 공포에 사로잡혀 스크린이나 TV 화면 앞에서 두 손으로 눈을 가리고, 한밤중에 화장실에 가지 못하게 되듯이 나는 그 줄거리를 남의 일이라고 생각할 수 없었던 것이다. 나한테 만약 주인공인 토라 씨* 같은 오

빠가 있었다면 어땠을까, 라고 상상해보면서 도저히
영화를 즐길 엄두가 나지 않았다.

  이런 나의 심리는 어린 시절 온전하지 못한 가정
에서 성장했기 때문이다. 가족 중에 아무리 독특한
사람이 있더라도 나름의 따뜻함이 있다. 어른이 되
어서도 버리지 못하는 정을 공유하고 있다. 하지만
나는 그런 감정을 이해하지 못한다. 극도로 특이한
성격의 가족이 한 명 있다는 것은 그 자체로 가정을
지옥처럼 만든다. 아무리 마음속으로는 나쁘지 않
은 사람임을 알고 있어도 그 사람의 존재로 피곤해
진다. 그러니 비슷한 요소를 지닌 영화를 오락으로
볼 엄두가 나지 않는 것이다.

  인간은 누구나 많든 적든 타인이나 가족에게 짐
이 되는 법이다. 나는 수십 년째 마감 기한이 정해진
소설을 쓰는 일을 해왔기 때문에 일상생활의 잡다
한 일을 그날 안으로 해치울 수 없는 경우가 자주 있
었다. 즉, 60년 가까이 일을 우선으로 하는 생활을
해온 것이다. 그러다보니 자연스레 순위가 만들어

---

* '토라야'라고 하는 당고 가게의 5대째 장자로 16세 때 아버지와 크게 싸
우고 집을 나와 전국을 돌아다니면서 떠돌이 생활을 한다. 그러다 20년 후
에 집에 최초로 들르게 되고, 이후 시리즈에서는 떠돌이 생활을 하면서 가끔
씩 집에 들르곤 한다. 의리 있고 인정이 많으며 가족을 아끼지만 솔직하지
못하고 때로 뜻이 엇갈려 항상 싸움 또는 소동을 벌이곤 한다.

졌다. 가정은 늘 일 다음이었다.

나에게 글쓰기는 항상 최우선이었다. 그것은 사
회와의 계약이었기 때문에 어쩔 수 없다고 생각했
다. 마감이라는 것은 날짜 단위가 아니라 시간에 따
라 결정되는 경우도 많다. 오늘 저녁 5시까지 원고
를 달라고 하면 다른 모든 일은 뒷전으로 밀린다. 마
음 같아선 아침에 눈을 뜨면 방 정도는 내가 알아서
치우고 싶은데 그게 그렇게도 안 된다. 남편과 아들
은 나를 칠칠치 못한 가족 구성원으로 기억하고 있
을 것이다.

세상에는 별난 사람이 많다. 그런 사람일수록 자
신이 꽤 괜찮은 사람이라고 생각하는 것 같다. 소설
가 중에는 거의 상식적인 인물이 없을 것 같은데, 지
금까지 살아오면서 절도, 방화, 사기 따위를 저지른
적이 없으므로 자신은 그저 선량한 시민의 범주에
포함되어야 마땅하다고 생각한다.

실제로 요즘 텔레비전에서는 드라마의 줄거리도
대사도 너무 유치해져, 전형적인 '악인' 외에는 모
두가 선량한 인물로 포장되어 있다. 방송국이 착한
주인공을 방패막이로 쓴다는 느낌을 받았다. 아무
리 자극적인 드라마일지라도 주인공이 선인이면 만
사 오케이다. 시청자나 연예 기사에서 비난하지 않
는다. 그래서 착한 주인공을 내세워 극악무도한 드

라마를 써나간다. 주인공이 얼마나 착한 인물인지 확인시켜주려고 최악의 인물들이 연달아 등장한다. 그래서 지루하다.

시청자 중에는 나처럼 도식적인 드라마에 진력이 나서 이제 거의 보지 않는다는 사람도 꽤 있는 것 같다. 어른의 세계는 대화와 심리에 선악이 공존한다. 때로는 행동에도 악의 요소를 포함한다. 드라마라는 드라마가 모두 어린이용 웨하스나 위장병에 걸린 사람에게 떠먹이는 수프처럼 물에 물을 탄 것 같아 전혀 재미가 없다. 오히려 논픽션이라면 그럭저럭 어른으로서 감당할 수 있을 만큼의 악이 깔려 있다고 느껴진다. 그러니까 〈경찰 24시〉라든가 〈상습 절도범과의 싸움〉 같은 프로그램이 드라마보다 재미있는 세상이 되었다. 프로그램 말미에 피의자가 체포되거나 범인이 현장에서 붙들리는 것을 보면 카타르시스가 느껴진다. 나와 비교해봤을 때 나는 저 사람들만큼 타락하지 않았다, 그러니 아직은 괜찮다, 그런데 우리 집에 저런 인간이 가족으로 있었다면 정말 큰일 날 뻔했다, 같은 긍정적인 생각을 하게 되는 것이다.

범죄 직전까지 가는 사람은 곧 나약한 사람이라는 것이 세상의 상식이다. '토라 씨'도 천성은 다정하고 착한 인물로 여겨지는 모양이다. 그래서 모두 그로 인해 곤란을 겪으면서도 결과적으로는 용서해 준다. 하지만 현실의 우리 집에 '토라 씨'가 있다면, 나는 '토라 씨'보다 한 발 앞서 집을 뛰쳐나갔을 것이라는 생각이 들 정도로 두렵다.

심리적인 황야를 방황하는 사람

한때 정신 질환을 독학으로 배웠을 때, '보더라
인 케이스(borderline case: 경계 사례)' 라는 것의 존
재를 잘 알게 되었다. 정신병뿐만 아니라 최근에는
여러 질병에 '보더라인 케이스' 라는 것이 있는 것
같다. 그리고 알면 알수록 많은 사람들이 명백한 범
죄자도 아니고 환자도 아닌데 거기에 한없이 가까
운 심리적 황야를 방황하고 있다는 것이다.

상식도 있고 충분히 예의 바르다고 생각되는 멋
진 부인과 내 지인이 함께 점심을 먹으러 메밀국수
집에 들어갔다. 내 지인은 메밀국수집에 가면 늘
'나베야키 우동' 을 먹는다고 한다. 그 안에 들어 있
는 건더기를 가정집에서는 그렇게까지 갖출 수 없

고, 우리 어린 시절에는 나베야키 우동을 먹는 것이
일종의 사치였기 때문이다.

그 부인은 외국에서 오래 살았고, 무엇보다 미인
이었기 때문에 남들에게 대접받고 거침없이 말하는
것에 익숙한 사람이었다. 세상 남자들은 미인에 약
해서 이게 좋아요, 이런 게 들어 있으면 못 먹어요,
라고 말하면, 어떤 것이든 들어주고 싶은 마음이 든
다고 한다.

내 지인이 나베야키 우동을 주문하자 그 미인은
"나도요."라고 말하고 나서, "뭐하고 뭐가 들어 있
어요?"라고 주문을 받는 점원에게 물었다.

"새우튀김이 들어 있습니다."

아마도 점원은 자신 있게 대답했을 것이다. 그러
자 이 미인은 "아, 나 새우튀김은 안 먹어요."라고
했다. 그 밖에도 뭔가 싫어하는 게 두서너 가지 더
있었다. 미인은 절대 그것들을 넣지 말라고 점원에
게 부탁했다. 그러나 여태껏 나베야키 우동에 튀김
을 넣지 말라는 손님은 없었기에 점원은 당황한 기
색을 보였다. 새우튀김을 먹기 위해 나베야키 우동
을 먹는 것이 일반 상식이므로 새우튀김을 뺀 나베
야키 우동을 도대체 왜 먹겠다는 건지 이해가 안 되
었을 것이다.

내 지인은 그 모습을 가만히 지켜보다가 결국 아

무 말도 하지 않았다. 아무리 외국에서 오래 살았다고는 해도 일본인이라면 나베야키 우동에 뭐가 들어가는지 알고 있었을 텐데, 라고 고개를 흔들었다고 한다. 애초 새우튀김을 싫어한다면 아예 나베야키 우동 같은 것을 시키지 말고 유부국수로 한다거나 차라리 일반 우동을 주문하면 값도 싸고 좋을 텐데. 지인은 그만 귀찮아져서 말을 하기 싫었다고 한다.

지인이 만난 미인은 꽤 정확한 성격이었던 것 같다. 화학 실험 같은 것을 시키기에는 적합하지 않을까 싶지만, 함께 살기에는 상당히 심리적으로 부담스럽다. 세상은 생각대로 움직여주지 않는다. 이런 기본적인 인식조차 갖고 있지 못하기에 상식을 벗어난 주문을 아무렇지 않게 할 수 있는 것이다. 싫어하는 음식이 나오면 포기하고 남기든가, 처음부터 무난한 메뉴를 선택했어야 옳다.

나는 애초에 인간이란 매끼 먹고 싶은 것을 다 먹을 수 없다고 생각했기 때문에, 굶지 않을 정도로 뭔가 먹을 것이 주어지면 된다고 생각한다. 청결하고 적당한 가격으로 한 끼 식사를 해결하면 된다. 전 세계의 굶주리는 사람들을 떠올리면 그것만으로도 감격이다.

레스토랑이나 식당에서 주문하는 것을 보면 그

사람의 성격과 생활이 거의 단번에 파악된다. 음식에 거의 관심이 없는 사람일수록 성관계에 집착한다는 말을 동료 작가에게서 들은 적이 있다.

안쓰러운 사람은 당뇨병과 만성 간장병을 모두 앓고 있는 사람이다. 여간해서는 메뉴를 결정하지 못한다. 당뇨병은 칼로리를 제한하지 않으면 안 되고 간장병은 '영양 만점'이어야 하므로, 어느 쪽에 무게를 두고 주문을 해야 할지 이 또한 심각하게 고민한다. 어느 병에 좋은 것을 주문해야 할지 매번 망설이는 것 같다.

상대방의 마음을 추측하는 능력

이것도 내 지인의 이야기다. 중년 남성이 갑자기 그녀 집에 왔다. 식사 때였는데 갑자기 준비도 안 돼서 그녀는 중년 남성인 손님에게 물었다.

"근처 가게에서 간단한 것을 시켜서 다 같이 먹으려고 하는데, 싫어하는 것이 있나요?"

"아뇨, 저는 뭐든지 다 좋아해요."

그는 시원스레 대답했다.

그렇다면… 메밀국수집 배달도 있고, 요즘에는 솥밥도 가져다준다. 초밥도 라면도 먹을 수 있다. 그런데 아이들이 좋아하는 피자집이 최근 개업해 지금 대대적으로 판촉 서비스를 하고 있다. 뜨거운 감자튀김도 양배추 코울슬로도 딸려 올 테니까, 그 편이 초밥보다 영양 면에서 좋을지도 모른다, 라고 그녀는 생각했다.

그런데 피자가 오니 그 손님은 거의 먹지 않았다.

"어디 불편한 데라도 있으세요?"

하고 그녀는 걱정이 되어 물어보았다.

"아뇨, 괜찮습니다. 그냥 밀가루로 만든, 그러니까 빵이나 면 같은 것은 잘 먹지 않기 때문입니다."

귀를 의심했다고 한다. 그래서 주문을 하기 전에 물어보지 않았는가.

요컨대 그는 일본인답게 밥을 좋아했다. 그렇다면 그렇다고 확실히 말하면 그야말로 초밥도 주문할 수 있었고, 역 앞 주먹밥집에서 세련된 주먹밥도 팔고 있으니 거기에 된장국이라도 끓일걸 그랬다고 지인의 후회는 끝이 없었다.

그 남자의 심리는 어떤 것이었을까. 제대로 듣고 있는 것처럼 보이는데 제대로 된 대답을 하지 않고 있다. 대답에 실패하는 것은 흔한 일이니, 그때는 어른답게 그것을 덮어버릴 정도의 배려가 있어도 좋을 텐데 그것도 할 수 없다.

어쩌면 귀가 잘 안 들려서 질문을 정확히 듣지 못했던 것은 아닌가 하는 생각이 든다. 솔직하지 못하다는 것은 아무리 사소한 일에서도 불편해진다. 이 사람의 경우는 어쩌다 찾아간 집에만 조금 폐를 끼

쳤을 뿐이었지만, 들리지 않으면 "요즘 귀가 잘 안 들려서…"라고 몇 번이라도 다시 물어보면 될 일이다. 지금 같은 고령 사회에서 귀가 잘 안 들리는 것은 더 이상 병이 아니다.

이것도 내 지인의 이야기인데, 그 사람 역시 재미난 여성을 만났다. 무슨 음식을 좋아하느냐고 묻자,

"뭐든 잘 먹어요."

라고 그녀가 대답했기 때문에 그는 그녀를 초밥집으로 데려갔다.

"오늘은 고등어가 물이 아주 좋습니다. 요새가 한창 조업철이니까요…."

라는 초밥집 주인의 말에,

"어떻습니까?"

하고 물어봤더니,

"나 고등어는 안 먹어요."

라고 잘라 말했다.

고등어에 체하는 것을 두려워하는 사람이 세상에는 꽤 많기 때문에 그는 대수롭지 않게 여겼다.

"밀조개는 어떠세요?"

하고 초밥집 주인이 물었다.

"그것도 안 먹어요. 어쩐지 미끈미끈해서 기분 나빠요."

"붕장어는 어때요?"

양념도 달콤하고 충분히 익혀서 나올 테니 괜찮지 않을까 기대했지만, 그녀는 최악의 권유를 받았다는 표정으로 고개를 저었다.

"갯가재랑 붕장어랑 새우만은 절대로 안 먹어요. 그것들, 사람 고기도 먹는다면서요."

하긴 바다가 넓긴 넓죠. 우연히 익사체를 만나 먹어봤을지도 모르겠군요. 하지만 태어나 지금까지 사람을 먹어온 건 아닐 겁니다, 라는 말이 목구멍까지 올라왔지만 꾹 참았다. 그는 상대의 기호를 조사하다가 지쳐버렸다. 상대를 내버려두고 자기만 계속 시켜 먹었다. 나는 아주 적절한 대응이었다고 그에게 말했다. 누구나 초밥이 먹고 싶다면 남이 무엇을 드시겠냐고 물어보기 전에 스스로 주문할 줄 알아야 한다.

고작 식사로 뭘 먹겠냐는 질문에 이토록 다양한 대답이 존재할 수 있다. 그 이후로 나는 사람과 사람이 작은 일이든 큰 문제든 서로 이야기하고 진지하게 의견을 교환하고 이해를 깊게 한다는 것은 거의 불가능한 일이라고, 약간 체념한 바 있다.

노부부가 고타쓰(炬燵)*를 가운데 두고 마주 앉아 식사를 하는 광경은 흔히 볼 수 있다. 두 사람이

---

* 숯불이나 전기 등의 열원 위에 틀을 놓고 그 위에 이불을 덮는 난방 기구. 각로.

얼마나 나이가 들었는지 가늠하는 것은 외모나 나이가 아니다. 두 사람이 얼마나 대화를 나누느냐는 것으로 알 수 있다.

80세, 90세가 되면 대부분의 노인들이 아무 말도 하지 않는다. 대화라는 형태로 새로운 놀라움이나 발견을 이야기할 리도 없고, 사회생활에서 멀어진 만큼 새삼스럽게 상의를 해두지 않으면 안 될 일이 없어졌기 때문이다. 그래서 나는 식탁에서 되도록 말을 하려고 노력한다. 시시한 일이라도 되도록 시시콜콜하게, 시시해도 흥미를 갖고, 시시하다고 인식하면서 말하는 것이 중요하다고 느낀다. 그렇게 하지 못하면 늙은이가 된다.

말을 하지 않으면 대화에서 서로 엇갈리는 일도 없지만, 대화는 인간됨을 측정하는 장치라고 절실히 생각한다. 말을 잘 못하는 사람, 대화를 중요하게 생각하지 않는 사람, 화를 내면서 말하는 사람, 자신과 대화하는 상대의 마음을 거의 추측하지 못하는 사람은 모두 불쌍하다.

최근에는 엇갈리는 대화를 괴롭지만 조금 즐기고 있다. 나이 들어 체력이 줄어들었기 때문에 얼렁뚱땅 넘기게 된 것인지도 모른다. (있을 수 없는 일이지만) 정신이 젊어진 것일 수도 있다. 어느 쪽이든 될 대로 되었을 것이다.

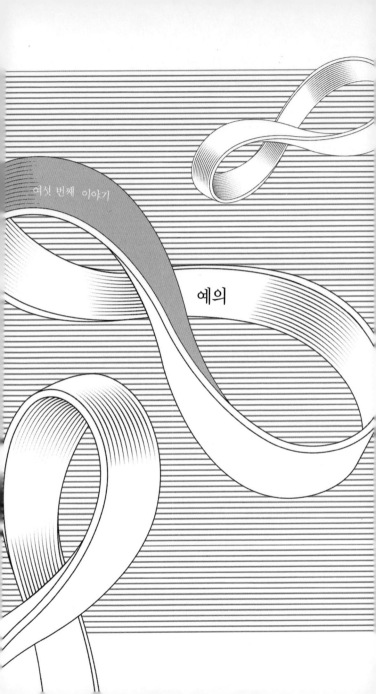

여섯 번째 이야기

예의

사랑은 무례하지 않고

노년이 되니, 젊어서는 젊다는 이유로 풀리지 않는 마음의 상처와 갈등이 있다는 것을 새삼 알게 되었다.

일반론이 되겠지만, 젊었을 때는 기지개 켜는 걸 좋아한다. 조금이라도 자신을 잘 보이려고 꾸미는 경우가 많다. 당연하다. 인생이란 것이 아직 잘 보이지 않으니, 끊임없이 자신에게 겁을 먹고 공격적이 되는 것이 기지개의 실체다.

그런데 나이가 들면 다리와 허리가 예전 같지 않다. 그래서 이제는 기지개를 켜려고 해도 등만 굽어진다. 늙어 보이고 싶지 않다면 등을 펴고 걸으면 된다. 그게 가장 돈이 적게 들고 늙어 보이지 않는 방법이다. 그러기 위해서는 골밀도라는 것이 높아야 한다는데, 옛날식 반찬을 먹고 단것은 입에 대지 않는 등 대체로 검소한 음식에 관심을 두면 된다니 쉽다. 나는 옛날부터 단것보다 소금이 맛있다고 생각하는 편이라 과자 대신 말린 정어리를 질겅거렸다. 골밀도가 뭔지도 몰랐던 어린 시절부터 몸에 좋은 식사를 하고 있었던 셈이다. 요즘 사람들은 미용에 열심인 데 비해 젊었을 때부터 다이어트를 해서 나이가 들면 머리나 치아가 빠지기도 하고 뼈가 약해지기도 하겠지만, 그런 미래를 젊었을 때는 우선 상상할 수 없는 것이다.

나는 예전부터 옷매무새를 챙기는 것이 귀찮아서 '괜찮아. 사람들이 내가 옷 입는 것까지 신경 쓰겠어?'라고 생각하기로 했었다. 대부분의 경우 그것이 사실이었다. 하지만 가끔 상대방의 복장밖에 보지 않는 사람을 만나면, 그때만큼은 조금 생각을 고쳐야 하나 하는 생각이 들기도 했다.

남들에게 잘 보이는 것이 목표가 되는 삶은 불행하다. 그렇다고 나처럼 그런 건 의미가 없어, 라면서 포기해버리는 것도 잘하는 짓은 아니다. 그런데 삶이란 여러모로 어려워서 세상에 나는 한 명이고 나머지는 전부 타인이다. 그 속에서 나를 어느 위치에 세워놓을 것인지를 가늠하기란 실로 어려운 일이다.

항상 나는 아름답고 중요한 인물이고 세상도 나에게 깊은 관심을 가져줄 것이라고 생각하는 것도 짜증 나는 자세다. 그러나 내가 어떻게 행동하든 무례하게 행동하든 누가 관심이나 갖겠어, 라고 말하는 것도 너무 게으른 이야기일지도 모른다.

흥미롭게도 성경은 다른 사람에게 무례하지 않는 것을 사랑의 한 자세로 규정하고 있다. 〈코린토 1서〉 13장에 그 사실이 단 한마디 언급되어 있다는 것을 알았을 때 나는 진실로 놀랐다.

"사랑은 무례하지 않고"(13장 5절)라는 한마디다.

신은 항상 진실을 알고 있기 때문에 인간은 신 앞에서 자신을 꾸밀 필요가 없다, 그러므로 신이 창조한 타인 앞에서도 그들의 시선을 의식하지 않고 행동하는 것이 맞다는 것이 지금까지의 나의 기준이었다. 그런데 신은 인간끼리의 관계 속에서 '예의를 잃지 않기'를 바란다는 것이다.

여러 번 쓴 적이 있는데, 나는 요리를 좋아하지만 손이 덜 가는 요리를 금방 만들어내는 게 자랑이었다. 적당히 후딱 만드는 것이다. 인간 관계에서도 그와 같지 않았나 싶다. 외출할 때 머리카락을 정확히 다섯 번 빗질하는 버릇이 있다. 내 머리를 자르고 파마해주는 미용사에게 내가 원했던 것도, 매일 아침

다섯 번만 빗질을 하면 그걸로 어떻게든 사람들의 눈을 속일 수 있는 머리 모양이 되도록 하는 것이었다. "다섯 번이요?" 미용사는 웃었고, "그래, 여섯 번은 절대 안 돼."라고 나는 우겼다. 실제로 매일 그렇게 살았다.

60대 중반쯤부터 70대 중반까지 약 10년간 재단에 근무했지만, 출근 날 몸단장에 쓰는 시간은 10분에서 15분 정도로 끝냈다. 그 이상 허비하고 싶지 않았다. 그래서 다음 날 입고 나갈 정장과 블라우스를 전날 미리 옷걸이에 걸어두곤 했다. 옷을 고르는 일에 들이는 시간이 아까웠던 것이다.

모르는 분들 눈에 내 성격이 깔끔하고 정리 정돈에 집착하는 것처럼 보일지도 모르겠다. 이 모든 게 단지 귀찮아서 시작된 일일뿐, 집에 있을 때는 그야말로 대충 걸치고 살았다. 남편이야말로 성격에 어울리지 않게 집 안에서도 단정한 옷차림을 고수했다. 2층 침실에서 아래층으로 내려올 때는 대부분 옷을 갈아입었다. 그에 비해 나는 가운을 걸치거나 하와이의 무무(muumuu)* 풍인지 아랍의 카프탄(caftan)** 풍인지, 어쨌든 일본에는 없는 긴 옷을 걸

* 하와이 원주민 여자가 입는 민속 의상.
** 이슬람 문화권에 사는 사람들이 입는 긴 웃옷. 앞자락이 길고 깊이 트여 끈으로 여미며, 넓은 소매가 달리고, 옷의 길이가 발목까지 오는 것이 특징이다.

친 채 치렁치렁 늘어뜨리고 다녔다. 그것을 의식한 것은 성경을 읽고 나서였다.

즉, 나는 집 안에서라면 아무렇게나 입고 지내도 된다고 생각했다. 하지만 성경, 즉 바오로는 그 낙관을 금하고 있었다. 진정으로 사랑을 아는 사람이라면 언제 어느 때라도 예의를 잃어서는 안 되는 것이다. 내 나름의 해설을 덧붙이자면 술에 취해 곤드레만드레가 되거나, 자신의 고민을 가족에게 늘어놓거나, 친구에게 돈을 빌리고 갚지 않는 것 등은 모두 상대를 사랑하지 않는다는 증거이므로 나는 지금껏 얼마나 많은 사람들을 사랑하지 않았는가, 하고 반성하게 되었다.

타인의 마음을 내가 결정하지 않는다

2012년 봄, 매스컴의 모든 관심을 독점했던 이름
이 있다. 기지마 가나에(木嶋佳苗)라는 그 이름을
처음 접했을 때 나는 그녀가 어떤 사람인지 전혀 몰
랐다. 나중에 알고보니 그녀는 남자들에게 꽤 많은
돈을 뜯어내고, 그것도 모자라 연탄불을 피워 일산
화탄소 중독인 것처럼 꾸며 죽였다는 의심을 받고
있었다. 근래 보기 드문 독부라는 평판이었다.

연탄가스 중독은 내가 어렸을 때만 해도 자주 있
던 일이다. 그런데 사람들의 관심은 저런 못생긴 여
자가 어떻게 그렇게 여러 남자에게 인기가 있었는
가 하는 점에 있었던 것 같다. 그리고 매스컴 또한
그 점을 부채질한 것이다. 결국 지방 법원은 1심 판

결에서 사형을 선고했지만 본질은 흐려진 셈이다.

동일본 대지진 이후 자주 사용하지 않는 물건들을 기부하는 나눔이 유행처럼 번졌다. 어느 지방에서는 타지 않는 자전거를 수거해 이재민들에게 보냈다고 한다. 참으로 좋은 일이다.

집집마다 사용하지는 않지만 버리기는 아까워 그냥 갖고 있는 물건들이 꽤 있다. 우리 집에도 그런 것들이 적지 않다. 피아노, 자전거, 커다란 전기스탠드 등 좁은 일본식 주택에서 공간만 차지하는 물건들은 말 그대로 무용지물이다. 그것들을 재해지역에 보내 사용할 수 있다면 정말 멋진 '인연'이다.

많은 사람들이 자전거를 가지고 왔는데, 그중 한 부인이 TV 화면에서 "이 자전거를 받은 분께서 오랫동안 소중히 사용해주셨으면 기쁘겠어요."라고 말했다. 나는 그날 하루 종일 그 말이 너무 마음에 걸렸다.

일반적으로 자기 돈으로 사지 않은 물건은 대충 쓰다가 버린다. 비판하려는 게 아니라 인간의 심리와 원칙이 그렇다는 말이다. 물론 예외도 있지만, 기본적으로는 그렇게 될 소지가 높다는 것을 인정해야 한다. 무엇보다도 사용할 일이 없어서 남에게 준 것이다. 따라서 '이걸 받은 누군가가 감사해하며 오랫동안 타줬으면 좋겠다.' 라고 생각하는 것은 상대방의 입장을 고려하지 않은 욕심이다.

그녀는 선의에서 그런 말을 했을 것이다. 자전거를 받게 될 알지 못하는 누군가가 "오랫동안 소중히 사용하겠습니다."라고 인사할 것을 예상하고 미리 그렇게 말했는지도 모른다. 이런 말을 잘못 하는 것은 흔한 일이다.

그녀처럼 우리는 자기도 모르는 사이에 타인의 마음을 결정해버린다. 고마워하겠지, 미안해하겠지, 좋아하겠지, 라고 미리 상대의 반응을 정의해버린다. 나의 마음조차 시시때때로 변하는데, 타인의 마음이야 오죽할까.

나이가 들수록 '병(病)'에 관한 이야기가 단골 소재다. 늙은이 셋이 모이면 어디가 나쁘다, 저기가 아프다, 병원이나 의사는 어디가 좋다, 라는 수다가 시작된다. 동네에서 인기 있는 개업의 병원 로비는 고령자의 살롱이 된다. '낯익은 얼굴'의 단골이 매일 '전기를 틀러* 다니고 있는' 광경은 자주 볼 수 있다고 한다.

비슷한 처지의 또래와 만날 수 있다는 점에서 이

---

* '전기 치료'를 저자가 희화적으로 표현한 것으로, 전기 치료는 신경이나 근육에 대한 전기의 자극 또는 진정 효과를 이용하여 통증이나 경련의 진정, 근육이나 지각의 마비 회복 따위를 꾀하는 방법이다.

또한 치료 과정 중 하나라고 좋게 생각할 수도 있다.

젊었을 때 처음으로 여류문학가협회에 나간 적이 있다. 그 자리에서 우노 치요(宇野千代)라는 대선배를 만났다. 그녀는 나보다 40년 가까이 위였지만, 정말 아름다웠다. 그날 우노 씨의 첫마디는 "이 모임에서는 어디가 아프다는 말, 하지 않기로 해요."였다. 그 한마디로 나는 우노 씨라는 분이 아주 좋아졌다.

흔히 사랑을 나누면 배가 되고 아픔을 나누면 반이 된다고 말하지만, 인간의 매정함은 아픔이나 고통을 결코 나눌 수 없다. 죽을병에 걸린 아들의 고통을 어머니가 대신해줄 수 있다면 얼마나 좋을까. 하지만 그럴 수는 없다. 동일본 대지진으로 재해를 입은 사람을 위로했다고 하지만 가족과 집, 추억 어린 물건들, 일터, 애완동물 등을 상실한 사람의 마음이란 타인의 선의로는 해결할 수 없다. 하물며 음악이나 연극, 문학 등으로 깊은 상처를 위로하는 것은 거의 불가능하다고 생각한다.

물론 이재민들은 선의에 감사할 것이다. 자살하려다가도 나에게 관심을 갖고 진심으로 도와주려는 누군가가 있다는 생각에 덜 외로워질지도 모른다. 좋아하는 음악을 듣고 아주 잠깐이라도 사랑하는 가족을 잃은 비통함을 잊을 수 있다는 게 현실이라면, 모든 사람의 선의의 선물은 나름대로 의미가 있었다고 할 수 있다.

하지만 가장 안정적이고 조심스럽게 타인의 현실적인 고통을 조금이라도 감당하려 한다면 돈을 주는 것이 최고라는 게 내 생각이다. 배금주의, 속물이라고 할지 모른다. 하지만 이게 가장 현실적인 위로가 된다. 무너진 공장을 다시 세우는 데도, 집을 재건하는 데도, 떠내려간 냉장고를 새로 사는 데도 돈은 조용히 도움이 된다. 그리고 이재민들에게 작지만 확실한 행복과 구원을 준다.

나의 아픔을 타인이 대신 겪어줄 수는 없다. 그러므로 어디가 어떻게 아프다고 입이 아프도록 떠들어봐야 상대방은 알아듣지 못한다.

푸념도 자랑도 무례하지 않게

　세상에는 자신의 약점을 숨기려는 사람과 아무 렇지도 않게 남에게 푸념을 늘어놓고 오히려 그 관계를 잘 이용해 즐기며 사는 사람이 있는 것 같다.

　숨기는 것도 사실 힘든 일이다. 숨기든 숨기지 않든 세상은 그 사람을 대략 알고 있다. 다만 틀림없이 말할 수 있는 것은, 누구나 반드시 잘못 알고 있다는 것이다. 그런데도 정확히 알고 있다고 믿는다. 개중에는 터무니없는 소문까지 포함되어 있고, 그게 더 인기가 있기도 하지만.

　푸념은 세계 평화가 아닌 '세상 평화'를 위해서는 상당히 도움이 된다. 사람들은 남이 하는 푸념을 좋아한다. 그를 보고 있으면 내가 행복한 사람인 듯

느껴지기 때문이다. 그래서 이를 잘 활용하는 사람들이 있다. 사람들 앞에서 나는 이래서 안 돼, 라고 불만을 터뜨린다. 그러면 사람들은 '아, 저 사람은 저런 문제가 있구나.' 라고 정보를 얻게 되는데, 이 정보는 결국 본인 스스로 제공한 것이다. 즉, 나에 대한 불만을 통해 내가 어떤 사람인지 타인에게 정보를 제공할 수 있다는 것이다. 그들이 멋대로 나에 대한 정보를 취합하기 전에 이런 방식으로 내가 그들의 정보를 관리한다. 그러나 끈질기고 밝지 않은 푸념은 미움을 받는다.

현명한 노인이란 이런 식의 푸념을 통해 늙음의 불편함을 세상에 알리는 사람이다. 자기 몸의 좋지 않은 상태와 불행을 객관화시켜 외부에 표현하는데, 핵심은 표현 수위다. 다른 이들이 부담스러워하지 않고 웃어넘길 수 있는 수준에서 내가 어떻게 불편한지 불만을 터뜨리는 것이다. 늙어서 어디가 아프고 이젠 몸이 옛날처럼 움직이지 않는다는 진실을 전달한다는 목적은 똑같아도, 항상 눈살을 찌푸리고 전에는 저기가 아팠는데 지금은 여기가 아프다고 계속 호소하는 사람이 있다. 전자의 말은 사람들에게 귀감이 되고, 후자의 말은 사람들에게 불쾌감이 된다.

인간은 원칙적으로 우울한 기분을 싫어한다. 같

이 있으면 우울해지는 사람과 함께 있고 싶어 하지 않는다. 그런데 정작 본인은 세상 사람들이 나에게 차갑다고 불평을 터뜨린다.

원래 노년이 되면 지금까지와 같이 일이 되지 않는 게 보통이다. 세상 사람들은 누구나 냉장고, 자동차, 가스 온수기 같은 기계를 사용해본 적이 있을 것이다. 예를 들어 온수기는 보통 10년 정도 사용하면 교체할 시기다. 우리 집에서 그것을 12년 동안 유지했다면, 그것은 '잘 사용했다'고 경하할 일이다. 하지만 당사자는 고작 12년 만에 '벌써 못 쓰게 됐다.'면서 실망하고, 새삼스럽게 비용이 드는 것도 지긋지긋하다. 기계도 낡아 못 쓰게 되는데 인간의 몸 또한 사용 기한이 다가오는 것이 당연하다.

냉장고도 자동차도 15년쯤 쓰면 나름대로 덜거덕거린다. 녹이 슬거나 문이 잘 닫히지 않게 된다. 기능이 떨어진다. 하지만 대부분의 사용자는 그것을 이리저리 궁리하며 더 써보려고 한다. 문이 잘 닫히지 않게 된 냉장고는 열고 닫을 때 살짝 들어 올리거나 냉장고 밑에 종이를 끼워 넣어 억지로 수평을 맞춰주는 식의 지혜를 짜낸다. 요령만 알아내면 몇 년은 더 쓸 수 있다.

이런 지혜는 사람 몸에도 해당된다. 아픈 부위는 덜 사용하고, 요령껏 움직이고, 이리저리 몸의 상태를 판단해서 지혜롭게 처신하면 신체의 마멸을 좀 더 뒤로 미루는 것이 가능하다. 그렇더라도 만물이 지나가는 경과를 거스르는 것은 모든 의미에서 무의미할 것이다.

푸념을 취미로 하는 사람과 교제하는 것은 힘들다. 반대로 자신을 항상 잘 보이려는 사람과 교제하는 것도 피곤하다. 나이에 비해 지나치게 젊어 보이려고 노력하는 사람들이 점점 늘고 있는데, 정신적으로 유치해 보인다. 젊게 보이려는 것과 나이에 상관없이 몸과 마음을 긴장시켜 누구의 도움도 받지 않고 생존의 투쟁을 홀로 감내하려는 자세는 다르다. 어쨌든 시간의 경과를 거스르고, 자신만은 언제까지나 젊다는 것을 보여주려는 부자연스러움을 느끼게 한다.

나이와 입장에 맞는 적절한 자기표현을 하려면 우선 자신을 객관적으로 바라보는 태도에 익숙해져야 할 것이고, 그에 맞는 정신의 표현 능력 또한 필요할 것이다.

나이가 들어서도 늙은이 같은 모습을 하지 않으려면, 약간 굽이 높은 구두를 신고 다니는 게 좋다고들 한다. 다리 근육이 단련되는 동시에 자세를 펴는 데도 유효한 방법이라고 한다. 다른 한편으로는 하이힐 구두 같은 것을 신고 뒤뚱거리다가 넘어져서

골절되면 어떻게 하느냐는 안전 지향형 삶의 방식
도 있다. 이런 사람들은 굽이 1센티미터 정도밖에
안 되는 이른바 '납작 구두'를 신고 다닌다.

자기 발에 맞는 구두를 찾는 것은 (나처럼 양다리
가 부러진 전과자에게는 특히) 매우 어려운 일이다.
하물며 자신의 삶의 자세에 맞는 굽 높이를 찾는 것
은 오죽하랴. 이럴 때 나는 바오로가 말하는 '무례
하지 않고'라는 자세가 도움이 된다고 생각한다.

일곱 번째 이야기

돈

돈은 관계를 불순하게 만든다

노다(野田) 정권*은 출범한 지 얼마 되지 않아 재일 외국인으로부터 정치 자금을 받았다는 문제를 일으켰다. 요즘 매스컴은 사소한 일도 자못 중대한 일처럼 써대니, 이 정도면 그야말로 스캔들이라고 생각했을 것이다. 하지만 돈을 받은 것은 2001년부터 2003년까지로 이미 시효가 지났다고 한다. 노다 씨도 상대가 민단**계 사람이라는 것은 몰랐다고 하니, 이 문제는 정리된 것으로 보인다.

---

*민주당 대표 노다 요시히코(野田佳彦)가 제95대 내각총리대신으로 임명되어, 2011년 9월 2일부터 2012년 1월 13일까지 존재한 일본의 내각.
**'재일본대한민국민단' 의 약칭으로 일본에 거주하는 재일 한국인을 위한 단체.

    정치인과 자금 문제는 해마다 한두 번씩은 스캔
들로 번지곤 한다. 그때마다 나는 인간관계의 기본
에서 이 문제를 뿌리부터 다뤄보고 싶다는 충동을
느낀다.

    원래 상거래, 고용 관계에 있지 않는 한 보통 친
구나 지인 사이에 금전을 주고받는 일은 없다. 돌아
가면서 한 번씩 대접하는 일은 있어도, 돈을 받거나
돈을 빌리지 않는 것이 보통이다. 종종 그것이 우정
에 상처를 입히고 회복할 수 없게 만들기 때문이다.
돈거래라는 것은 거기에 반드시 실질적인 대가를
바라는 것이 보통이다.

    전 외무대신 마에하라(前原) 씨에게도 같은 일이
있었다. 이쪽은 시효도 남은 상태에서 자초지종이
드러난 거라, 나는 소설을 읽는 기분으로 때때로 그
경위를 지켜보았다. 돈을 건넨 쪽은 마에하라 씨 가
족이 옛날부터 단골이었던 불고깃집 아주머니였다.
1년에 고작 5만 엔 정도의 보상을 기대하지 않는 가
부였다고 기억한다.

    불고깃집 아주머니 입장에서는 어렸을 때부터
영리한 소년이었던 마에하라 씨가 출세한 것이 너
무나도 기뻤을 것이다. 그래서 기뻐하며 작은 액수
지만 후원을 계속했을 것이다. 이런 아주머니가 한
반도 출신이기 때문에 그것을 외국인으로 간주한다

는 것도 어딘가 차갑고 차별적이라는 생각이 든다. 사람의 소박한 행위를 이해하지 못하는 아주 비교육적인 판단이었다.

하지만 내가 그때 가장 강하게 느낀 것은, 고작 5만 엔밖에 안 되는 돈을 마에하라 씨가 지금도 그 불고깃집 아주머니로부터 계속 받았다는 사실이다. 마에하라 씨는 마흔을 훌쩍 넘긴 나이다. 게다가 큰 공을 이뤄 명성을 얻었다. 이런 경우 어린 시절 자기를 돌봐준 불고깃집 아주머니에게 매년 5만 엔씩 용돈을 보내드리는 건 어떤가.

정치인은 애초에 그런 생각을 하지도 못하겠지만, 혹여 마에하라 씨가 이 아주머니에게 매년 5만 엔씩 건넸다 해도 매스컴은 또 다른 의혹을 던졌을 것이다.

정치인과 그 주변인의 관계라는 것은 볼수록 희한하다. 후원 파티에 참석한 사람들은 러시아워 같은 인파 속에 서서 고작 맥주 한 잔 얻어 마시고는 기꺼이 2만 엔을 지불한다.

하지만 이렇게 얘기하는 것은 세상 물정을 몰라서 하는 것이다. 거기 오는 사람들은 맥주 같은 건 아무래도 상관없으며, 조금 다른 것을 기대하고 있다. 정치인이라는 위대한 분과 어떻게든 친분을 맺고 싶다, 무슨 일이 있어도 함께 사진 한 장 찍고야

말겠다, 두고두고 오늘 일을 다른 사람들 앞에서 자랑해야 한다… 등등 나로서는 억측조차 쉽지 않은 갖가지 이유로 후원 파티에 간다.

지인 중에 "초대라고 써 있었기 때문에 완전 빈손으로 가서 맥주만 잘 마시고 왔습니다."라고 즐거운 듯이 말하는 사람이 있었다. 상식적으로 '초대'라고 하면 2만 엔보다 더 가져오라는 뜻으로, 보통 10만 엔 정도는 준비한다고 한다. 정말 빈손으로 간 그 사람은 진정 용맹한 자로서 나는 존경한다.

어쨌든 나로서는 처음 보는 사람들에게 2만 엔씩 받아내는 직업이 있다는 것 자체가 이해되지 않는다. 돈은 정당한 노동의 대가여야 한다. 더군다나 자기가 파티를 열었음에도 남을 대접하기는커녕 돈을 수금하다니, 있을 수 없는 최악의 취미다.

정치인이라는 것이 남에게 돈을 받지 않고는 살아갈 수 없는 직업이라면, 나는 그것만으로 그 사람 주변에는 지극히 평범한 인간관계는 있을 수 없다고 생각한다. 정치인이라는 직업에 희미한 모멸감을 느낀다.

특히 대가를 바라는 돈

그러나 인간에게는 좋아하는 사람에게 선물을
하고 싶다는 소박한 생각이 있다. 그것도 잊어서는
안 될 것이다. 나한테 돌아오는 게 없더라도 주고 싶
은 것이다.

노다 씨는 돈이 들지 않는 정치를 주창해 역전에
서 '거리 유세'를 계속한 분이라고 한다. 사실 정치
에 거리 유세차도 포스터도 필요 없다고 생각한다.
다른 사람이 그러니까 그렇게 하고 있을 뿐이다. 정
치계의 표현이란 촌스러운 것뿐이다. 거리 유세차,
어깨띠, 흰 장갑. 당선되면 다루마*에 눈을 그려 넣
고, 지금도 뭔가 있으면 '힘냅시다'라고 오른쪽 주
먹을 들어 보인다.

노다 총리는 다를까 싶었는데 역시나였다. 그의
그런 모습이 부끄러워서 텔레비전도 제대로 보지
못했다. 내가 부끄러워할 필요는 전혀 없지만 말이
다.

　　지금은 집에 누구나 텔레비전을 가지고 있으니,
텔레비전을 통한 정견 방송만으로 충분할 것이다.
그래야 유권자들은 그 후보자가 갖고 있는 정책을
차분히 음미할 수 있다. 그 대신 텔레비전에서는 더
긴 시간을 주고 철저하게 그 사람의 인품을 알 수 있
는 프로그램으로 만든다. 공영 방송이 그 자리를 마
련하면 거리 유세차니, 거기에 태울 치어리더 등의
비용은 전혀 들지 않게 된다.

　　그러나 유권자 중에는 후보자를 직접 보고 싶어
하는 사람도 있을 것이다. 그렇다면 역전에서 합동
연설회를 몇 차례, 이것도 공비(公費)로 마련하면 된
다. 그 외의 것은 내가 보기엔 다 선거법 위반 냄새
가 난다.

　　지방에는 아직도——도쿄에서는 이제 사라진 듯
하다——출마하기 전에 부지런히 상갓집을 쫓아다

---

*다루마(だるま)는 중국 선종의 시조인 달마(達磨)의 좌선 모습을 본떠 일
본에서 만든 오뚝이 인형이나 장난감을 말한다. 손과 발은 없고 붉은 옷을
입고 있다. 눈이 그려지지 않은 것이 많은데 신사나 절에 가서 소원을 담아
그 소원이 이루어지길 빌면서 눈을 그려 넣는 경우가 있다.

니고 부녀회 모임에 얼굴을 내밀어야 한다는, 정치인에 대한 평가 기준이 남아 있다. 딸이나 아들의 결혼 중매를 해주거나, 그럴 수 없다면 메인테이블의 손님이 되어주었으면 한다.

물론 정치인도 정치인이기 전에 평범한 소시민이다. 지인이 죽거나 친구의 아들이나 딸이 결혼하는 일도 있을 것이다. 이때는 주변 사람들의 태도가 중요하다. 즉, 자기 가족 때문에 그의 시간이나 마음이나 체력이나 경제력 등을 들이게 해서는 안 된다. 그래서 나는 공인이 된 지인과는 잘 교제하지 않는다.

하지만 실은, 이 정치인을 대성시키기 위해서라면 자신의 전 재산을 쏟아붓겠다는 사람이 나와도 된다고 생각한다. 그것은 국민을 행복하게 하는 것이니까. 여성 팬들이 남자 연예인에게 스포츠카를 사주겠다며 어마어마한 액수를 모금하는 것보다는 낫다고 생각한다. 그리고 그 경우 정치인은 돈을 준 개인에게 감사는 하지만, 그 사람의 이득을 위해서는 전혀 움직이지 않을 의무가 있다. 즉, 돈을 받아놓고 그것을 잊어버리는 것이 진짜 정치인의 모습일 것이다. 보은을 한 사람에게 갚을 것이 아니라 더 많은 이들에게 갚아줘야 한다. 이것은 나의 유치한 이상론으로 말을 꺼낼 때마다 주변으로부터 조롱당

한다.

　현실적으로 불가능하다는 것을 알면서도 언젠가는 그렇게 되지 않을까, 하는 실낱같은 희망을 걸고 있다. 그렇지 않으면 남의 돈을 끊임없이 받아내야 하는 정치인이라는 직업은 너무나 비참해지기 때문이다.

정당한 노동의 대가 이외의 돈

인간의 첫 번째 자격은 물심양면의 독립이다. 일단 건강한 몸을 가지고 있는 사람이라면, 누구에게도 금전적 원조를 받지 않고 자기 힘으로 먹고사는 게 기본적인 자세다.

물론 세상을 살아가는 방법은 제각각이다. 나는 소박한 생활을 좋아한다. 그래도 충분히 행복하다.

많은 분들이 내가 부모님께 재산을 물려받았다고 생각하고 있다는 것을 알고 놀란 적이 있다. 나는 지금도 부모님이 구입한 땅에 살고 있지만, 그 땅은 상속을 받은 것이 아니라 아버지께 돈을 주고 구입했다.

나의 부모님은 사이가 좋지 않아, 반쯤은 나의 권

유로 초로의 나이에 이혼하셨다. 나는 어머니께 설령 당신이 시집올 때 가져온 것이라도 모두 두고 오시라고 부탁했다. 이미 조금은 생활에 여유가 생겨 어머니를 돌볼 수 있게 되었기 때문이다.

돈 때문에 다투는 건 정말 싫었다. 우리 집은 어려서부터 단 하루도 마음 편히 지내본 적이 없었다. 그 정도로 폭력적인 가정에서 성장한 것을 사람들이 알고 있었다면 지금의 내 성격을 비난하지는 못했을 것이다. 지금보다 훨씬 더 성격이 비뚤어졌다 해도 수긍이 갈 만큼 우리 집은 우울했다. 다행인 것은 남편인 미우라 슈몽(三浦朱門, 소설가)이 이런 나를 책임지겠다고 나서준 점이다.

어렸을 때의 체험을 통해 알게 된 사실이 있다. 어떤 상대라도 함께 살지 않으면 그렇게 미워하지 않을 수 있다는 것이다. 내가 남아프리카 공화국의 인종 격리 정책에 반대했음에도 백인, 아시아인, 인도인, 흑인이 모든 노동과 학습, 놀이는 함께 섞여 하더라도 사는 곳만은 달리하는 게 좋다고 주장했던 이유가 바로 이 때문이다.

아버지의 후반생을 돌봐주겠다는 견실한 여자가 나타났을 때 안심했다. 하지만 은퇴하여 수입이 없던 아버지가 얼마 안 되는 저축으로 후처와의 생활을 어떻게 꾸려갈 수 있을지 걱정이었다.

나는 아버지가 지은 집에서 어머니를 모시고 나올 생각이었다. 그런데 아버지는 딸인 나를 그 집에 살게 하고 자신들이 새로 지은 작은 집을 사서 나가고 싶다는 의사를 털어놓았다. 그 무렵 이미 약간의 원고 수입이 있어서, 나는 한 사람의 매수자로서 아버지로부터 집을 매입하기로 했다.

나는 세무서에 가서 사정을 이야기하고 지극히 정상적인 매매를 하고 싶은데, 그럴 경우 가격을 얼마로 하면 좋을지 상담을 받기로 했다. 아버지도 나도 이득을 보려는 마음은 없었다. 다만 이 경우 부녀 지간에 매도자와 매수자가 되기 때문에, 세무서가 인정해줄 만한 가격을 정하기가 상당히 어려웠다.

그러나 그 결과 이야기는 오히려 수월하게 진행됐다. 아버지의 생활도 그럭저럭 이루어져, 우리도 부모님이 만드신 집을 남에게 넘기지 않고 끝났다. 그로부터 20년 가까이 지나 아버지가 돌아가셨다. 나는 딸로서 아버지의 유산 제로(0) 엔을 상속받았다. 상속 포기를 법률상으로는 그렇게 표현한다는 것을 그때 처음 알았다.

즉, 감사하게도 우리 부부는 부모로부터 재산을 하나도 받지 않고 살아왔다. 아니, 이건 정확한 표현이 아니다. 우리는 부모님께 건강한 몸을 물려받았다. 돈보다 더 큰 유산을 상속해주신 것이다. 어릴 때부터 병을 달고 사는 사람들에 비하면, 약간 불결한 것을 먹어도 배탈이 나지 않고 더우나 추위에도 별로 불평하지 않아도 되는 몸을 주신 것은 최고의 상속이었다.

지금까지 우리 부부는 자신이 감당할 수 있는 범위 안에서 살아왔다. 누군가에게서 돈을 받지도 않고 빌리지도 않았다. 그래도 주변에 호의만은 풍족하게 베풀었다. 금전으로부터 해방된다는 것은 인간관계의 기본이었다. 돈이 얽히지 않기 때문에 내 주위에는 어처구니없는 솔직함으로 대화를 나눌 수 있는 친구들이 많이 모였다.

어느 날 남자 지인이 내 핸드백을 보고 말했다.

"아무리 봐도 싸구려처럼 보이는데."

"싸구려라니. 텔레비전 홈쇼핑에서 샀는데 1만 엔 조금 넘게 줬어."

또 이런 이야기도 듣는다.

"소노 씨, 그 핸드백 10년 전에 나랑 아프리카에 갔을 때도 메고 있었지?"

이제는 대답하기도 귀찮다. 아프리카에 갈 때면 항상 이 백을 들고 있더라는 말을 듣고, 집에 와서 남편에게 말했다.

"오늘도 내 핸드백, 낡고 싸구려라는 말을 들었어요."

누가 그랬다고는 말하지 않는다. 그러자 남편은 읽고 있는 신문에서 눈도 떼지 않고 말한다.

"그렇다면 그 사람한테 좋은 걸 사달라고 해."

내가 아는 남자들은 모두 구두쇠다. 결코 나에게 핸드백을 선물해줄 리 없다. 그렇기 때문에 우정은 오래 지속된다. 우정을 유지하는 한계는 식사까지다. 세상 사람들은 이를 자각하지 못하고 있다. 식사까지는 생각보다 훨씬 효과적이다. 어려운 부탁을 하기에 앞서 함께 밥을 먹으며 심리적 거리를 좁히는 것에 나는 반대하지 않는다. 그것이 가장 현명한 방법이기 때문이다. 단, 식사까지다.

나는 지금까지 줄곧 내 육체적인 노동을 통해 금전적, 물질적 기반을 얻어왔다. 중년 이후에 나도 정부 심의회 등의 멤버가 된 적이 있다. 나는 그 회의 도중에 조용히 주위를 둘러보면서, 이 안에서 조직의 힘을 전혀 빌리지 않고 스스로 노동으로 먹고사는 사람은 나 혼자다, 라고 이따금씩 생각하곤 했다.

유복한 집에서 자란 사람은 부모로부터 받는 게 당연하다고 느낄 수 있다. 하지만 나는 소심해서 실행한 노동의 보수 이외의 것을 받는다면 바로 그 순간 덜컥 겁부터 난다.

나 같은 감각이라면 정치인은 부유한 사람밖에 될 수 없다. 즉, 타인에게서 돈을 받을 필요는 없지만 부모로부터 물려받은 돈을 마음대로 쓸 수 있는 사람만 믿을 수 있다는 것이다. 옛날에는 확실히 그런 타입의 정치인이 있었다. 정계에 진출한 후 그들은 재산을 잃어갔다. 요즘 들어 부잣집 아들이 총리가 된 경우도 몇 있다. 그런데 개중에는 금전 감각이 드러난 사람도 있고, 자신의 재산을 줄여서라도 나라를 살리려는 열정은 국민에게 전달되지 않았다. 오히려 정치 구조를 잘 이용해 재산을 양도하려는 조작이 드러나기도 한다.

그러나 정당한 노동의 대가 이외의 이유 없는 돈을 타인에게 받으면 그 사람은 이제 자유인이 아니다. 또한 공공을 위해 용기 있는 발언을 할 수 있는 입장도 아니다. 대가를 전혀 기대하지 않는 참된 후원자로부터 계속 돈을 받고, 그 사람의 현실적 이익을 위해서는 전혀 일하지 않는다는 관계가 확립될 때만 정치인은 타인으로부터 돈을 받아도 된다. 하지만 그런 꿈같은 일을 누가 어떻게 이룰 수 있을까.

돈은 반드시 인간을 현실적이고 즉각적인 종속 관계에 빠뜨린다. 이 점을 이해하지 못하는 한 나는 정치인이라는 직업을 기본적으로 좋아할 수 없다.

여덟 번째 이야기

기량

어빌리티(ability)와 머티리얼(material)

노다(野田) 총리가 2011년 11월 칸에서 열린 G20 정상 회의에 참석했다. 신문과 텔레비전은 G20 정상들이 한자리에 모여 촬영한 기념사진을 반드시 보도한다. 그래봐야 아는 얼굴이라곤 몇 사람 없지만 중요한 자료 사진이라는 것은 알고 있다. 그때의 표정에는 그 나라 대표의 기량이 배어 있기 때문이다.

기량이라는 어휘는 꽤 재미있는 말이다. 영어로 번역하면 어떨까, 하고 생각해보았다. 전자사전을 찾아보니 뭔가를 담는 그릇의 의미와 더불어 인간의 기량이라는 의미가 포함된 단어가 두 개 나왔다. 하나는 ability(어빌리티)로 이것은 능력이라는 의미다. 또 하나는 material(머티리얼). 직역하면 소재(素材)지만 여기서는 인재(人材)라는 뉘앙스에 가깝다고 생각한다.

인간은 '무대' 위에서만 개성을 드러낸다. 가부키(일본의 전통극)는 기본적으로 틀은 비슷해도 연기자의 능력에 따라 수준은 천차만별이다. 인간의 특색이 발견되는 것이다.

노다 총리의 표정은 어색한 미소였다. 그마저도 별로 웃지 않는다. 대부분 딱딱하게 굳어 있다. 좀더 경험을 쌓으면 변하겠지만, 국가의 수장이라면 국제무대에 데뷔하기 전에 충분히 훈련을 쌓았어야 했다. 그럴 바에야 이런 자리에 전문 외교관을 보내라고 말할 수도 있다. 하지만 안 된다. 왜냐하면 국제회의에는 익숙해도 정신의 풍요로움과 인간적 강함이 뒷받침되어야 하기 때문이다. 이런 자리에서 외교관이 총리를 연기해본들 금방 들통이 나서 바보 취급 받게 된다. 정상에게는 머티리얼과 어빌리티가 모두 필요하다.

노다 총리는 옆의 두건(카피예)을 쓴 아랍 어느 나라의 대표와 거의 대화를 나누지 않는다. 둘 다 말없이 서 있다.

이런 자리에서 대화하지 않는 것은 죄악이다. 그가 대표하는 그 국가의 순위가 점점 떨어지는 무서운 순간이라고 할 수 있다.

'개막 벨이 울릴 때까지' 자국의 입장을 선전하는 대표도 있겠지만, 대부분의 대표들은 촬영용 단상에서까지 그렇게 고상한 내용을 말하지는 않을 것이라고 생각한다. 호메로스나 셰익스피어의 한 구절을 인용하지도 않을 것이다. 옆자리에 서게 된 여성 대표의 브로치를 칭찬하는 수준일 것이다. 그 이상의 겉치레 인사를 할 틈도 없을 것이다. 바로 옆에 독일의 메르켈 수상이 서 있다면 어땠을까. 미리 브로치를 칭찬해줘야지, 하고 준비했는데 브로치를 달고 나오지 않을 수도 있는 인물이니 다른 얘깃거리도 미리 준비해둬야 한다.

촬영이 진행되는 몇 분 동안에 각국 대표들이 다음 세션에 필요한 사전 공작만 말하는 것 같은 바보 짓을 하고 있다고도 생각되지 않는다. 그래서 그때 무슨 말을 하느냐 하는 것이 더 걱정스럽다. 오히려 아내에게서 야단맞은 이야기라든가, 나는 마멀레이드(잼 일종)를 먹기만 하면 머리가 돌아버린답니다, 같은 진짜인지 가짜인지 모를 농담에 가까운 이야기를 하고 있는 것이 틀림없다고 생각한다. 하지만 나는 이런 자리에는 참석한 적이 없으므로 아마 엉뚱한 추측일 것이다.

일국의 대표라면 모두가 알아들을 수 있는 언어

로 자신이 걸어온 인생을 남들 앞에서 떳떳이 말할 수 있어야 한다. 이것은 철칙이다. 그러니 어학을 어느 정도 하지 못하면 총리로서는 큰 핸디캡일 것이다.

교양과 자아가 상실된 비극

예전에 어떤 청년에게서 들었던 이야기를 떠올린다. 일본에서 어떤 국제회의가 열렸다. 이 자리에는 영어에 월등히 능통한 일본인 학자가 참석했다. 그런데 외국 학자들 사이에서 그는 제대로 된 평가를 받지 못했다. 오히려 영어가 서툰 다른 일본인 학자의 발표에 큰 관심을 보였다. 영어를 잘하는 학자를 가리키며 저 사람은 발음만 그럴듯하지 내용은 비었다고 비난하는 외국인 학자도 있었다고 한다.

이렇게 되면 나 같은 사람은 무엇을 목표로 정진해야 되는 건지 생각해봤다. 다행히 내 생활에서는 그런 걱정을 할 필요가 없으므로 영어를 잘해야 되는지 아니면 연구에 집중해야 되는 건지 고민할 리가 없겠지만, 하여튼 잠깐 혼란에 빠졌다.

사람은 독자적인 인생관을 가지고 그것을 자신만의 표현으로 전달할 수 있어야 한다. 특히 국가나 조직을 대표하는 입장이 된 사람에게 이는 필수적인 것이라고 생각한다. 그것이 국제 관계든 인간관계든 '관계'라는 것이 존재하는 자리에서 자기만의 전투력이 된다.

생각해보니 말하는 게 서툰 사람들이 의외로 많다. 영어라면 더욱 그렇다. 하지만 영어를 못한다고 해서 큰 흠이 되는 것도 아니다.

불량 청소년에서 세계적인 디자이너가 된 사람을 알고 있다. 그는 학교도 제대로 다니지 못한 데다, 어디가 고향인지 '에'와 '이' 소리를 구분할 수 없는 지방 출신이었다. 디자인을 공부하다보면 자연히 로마자 알파벳도 사용해야 한다. 그러나 그는 조수가 설명해도 '이' 즉 'E'와 '에이' 즉 'A'의 구별을 귀로 알아들을 수 없었다. 그래서 그는 일일이 "뭐야? 철자가 산 모양 쪽의 '에이'인가? 요(ㅋ)자 쪽의 '에이'인가?"라고 되물었다. 산 모양은 A를 말하는 것이고, 요(ㅋ)자 쪽이라는 것은 E를 말하는 것이다. 구별을 하려 해도 그 자신이 '이'와 '에'를 구별할 수 없으니 이 확인은 당연한 것이었다. 그래도 그의 센스는 세계적인 디자이너로 평가받았고,

인격 또한 개성이 넘쳤다.

태생이 과묵하고 유머 같은 것은 갖추지 못한 사람도 세상에는 널렸다. 그렇다면 정치인이 되지 말아야 한다. 세상에는 직업이 아주 많다.

가령 그가 도자기를 팔거나 장어집 주인이라면 무뚝뚝한 게 오히려 손님에게 호평을 받는 경우까지 있다. 도자기에 대해 물었을 때 잘 대답해주면 그만이다. 장어집은 더 쉽다. 연기 너머에서 일하는 사람이 굽는 장어가 맛있으면 그게 최고다. 꽃집 주인이나 소설가도, 영어를 못하거나 무뚝뚝해서 인사성이 없어도 그것은 조금도 마이너스가 되지 않는다. 다만 현실적으로 말을 하지 않는 꽃집 주인이나 작가는 별로 없는 것 같기는 하다. 꽃은 잘 팔려면 어떻게든 말을 잘하고 싶을 테고, 소설은 쓰는 행위의 근원이 수다스럽기 때문일 것이다.

그렇게 말할 수 있는 것은, 교양이나 말해야 할 강렬한 자기(自己)가 없는 사람이 '관계'의 세계에 나서서는 안 되기 때문이다. 그것은 비극에 가까운 일인데, 당사자만은 깨닫지 못하는 경우가 실로 많다.

최근 신문에서 사전 편집자였다는 분이 《정치인들은 왜 '숙숙함(肅肅; 엄숙하고 고요함)'을 선호하는가》라는 책을 출판했다는 것을 읽고, 좋은 기획이라고 생각했다. 아직 책을 구하지 못해서 단지 책의 제목만 보고 생각난 것이지만, '숙숙히' 라는 표현은 확실히 여간 특이한 일이 일어나지 않는 한 나로서는 거의 쓸 일이 없는 말이다.

물론 나도 '숙숙' 이라는 단어가 있다는 것쯤은 알고 있다. 그러나 내 인생에서 '숙숙' 으로 표현될 만한 장면은 없었다. '숙숙함' 은 자기 안에서 벌어지는 감각적인 '조용함' 혹은 '고요함' 과는 다르다. 내가 살아온 사회는 모두 개인적인 것을 기록하는 세계였다. 울고 웃는 것만이 아니라 개인이 겪을 수 있는 모든 감정의 파도를 포착해온 것이다.

그러나 '숙숙함' 은 분명 공적인 고요함이다. 눈과 귀를 혼란시키지 않고 예정대로 일이 진행되는 모습이 숙숙의 정체다. 정치에서는 절대 일어나서는 안 될 장면이다.

예를 들어 신도(神道; 일본 신화, 자연 신앙과 애니미즘, 조상 숭배가 혼합된 일본의 민족 종교)가 그렇다. 신도 의식은 '숙숙' 의 구현이다. 왕실에서 행해지는 의식은 긴 세월에 걸쳐 완성된 것인데 놀랍게도 음악이 없다. 신과 인간의 교합은 숙숙, 즉 엄숙과 긴장 그 자체였다.

정치인은 공인이다. 그의 생활은 공적인 것이다. 하지만 그들은 정치인의 삶을 오해하고 있다. 개인의 삶을 뛰어넘은 고귀한 것으로 인식한다. 공인은 개인을 초월한 존재라고 생각하는 것 같다. 그런 인식이 그들의 삶을 '숙숙'이라는 말도 안 되는 언어로 포장되게 만들었다. 어쨌든 우리들 서민 입장에서는 공감할 수 없는 모습이다.

'모른다' 라고 말할 수 있는 행복

'숙숙' 은 의태어다. 의태어를 영어로 미메틱 워드(mimetic word)라고 한다. 우리가 '가짜' 라는 말 대신 흔히 쓰는 이미테이션과는 친척이 되는 말이다. 두 단어 모두 '미믹((mimic)' 이라는 단어가 기원이다. 미믹은 '흉내 내는 사람' 이라는 뜻이며, '모조품' 을 가리키기도 한다. 형용사로 쓰일 때는 악의가 넘친다. '짝퉁' 이라는 뜻이 된다.

'숙숙하다' 는 '당당하다' 처럼 의태어의 범주에 들어간다고 한다. 의태어의 시점은 내면이 아니라 외부다. 자신의 내면보다 밖에서 어떻게 보이느냐에 중점을 두고 있을 것이다. "숙숙하게 OO을 하겠습니다." 라고 정치인은 말한다. 국민 입장에서 봤을 때 소란 피우지 않고 침착하게 확신을 갖고 행동하겠다는 뜻으로 들린다. 여기서 중요한 건 말이 아니라 시점이다. 정치인의 말은 외부에서 어떻게 보이느냐가 핵심이다.

정치인의 결의는 외부를 향한다. 자신의 생각과 말이 외부를 향하고 있다는 방향성을 상실해서는 안 된다. 어떠한 경우에도 주위의 지식인과 경험자들의 의견도 충분히 들은 후에, 자신이 책임진 분야를 열심히 공부해야 한다. 충분히 망설이고, 자나 깨나 자기가 맡은 역할을 생각해야 한다. 마지막에는 여론과 잡음에 흔들리지 않고, 신중하게 신념을 관철하는 것이다. 하지만 그것은 겉으로 드러나는 숙숙한 자세와는 전혀 다른 내면의 갈등과 선택이다.

'당당히' 무언가를 한다는 것도 자기가 할 말이 아니다. "당당하게 ○○을 하겠습니다."라는 표현에는 이러이러하게 되기를 바란다는 자신의 입장이 반영되어 있을 뿐이다. 하지만 빚의 상환을 연기받기 위해 사람들을 만날 때는 당당해서는 안 되고, 되도록 처량하게 구는 것이 효과적이다.

그러므로 '당당해 보이게 행동한다'는 것은 개인의 목적으로서 좋을지 몰라도 결과적으로 연기에 지나지 않는다. 동요하고 있는 자기 마음이 겉으로 드러나지 않았으면 좋겠다는 심리가 당당한 척 행동하도록 만든다. 나는 평범하게 행동했는데 그것이 다른 사람 눈에 '당당' 해 보였을 때 그 표현의 수법이 적절한 것이다. '당당' 을 목적으로 보여준 행동이라면 사람들 시선을 의식한 허세일 뿐이다.

현실에서는 수치심이 강한 성격일수록 당당할 수 없다. 그만큼 겉모습에 집착하는 것이다. 내심 부끄러운 바가 있기에 그런 성격이 만들어진다.

이는 특히 일본인에게서 자주 보이는 특징이다. 내가 체험한 백인 사회나 아랍 사회에서는 찾아볼 수 없는 심리 상태다.

정치인들이 자주 쓰는 말로는 그 밖에 '충분히' 가 있다. 그들은 문제가 터질 때마다 '충분히' 의견을 들은 후에 결정하겠다고 시간을 끈다. 명백한 말장난이다. 충분히 타인의 의견을 수렴하다보면 사실은 아무것도 결정되지 않는다는 것 정도는 뻔하지 않은가. 그런 자세로 얼마나 더 시간을 끌 수 있을까, 계산해본 후 자신에게 유리하다고 생각되는 시점에서 '충분히' 를 꺼낸다. 그것이 나쁘다고는 생각하지 않는다. 다만 정치인은 그토록 거짓말을 반복해야만 되는 직업인가 생각해본다. 거짓말을 잘하는 소설가는 이렇게 뻔한 거짓말을 용납할 수 없다.

"안심하고 살 수 있는 세상을 만들겠습니다." 라

는 어구도 정치인의 18번이었다. 안심하고 살 수 있는 세상에 동일본 대지진이 터졌다. 안심하고 살 수 있는 인생이란 없다는 것을 겨우 깨달은 줄 알았는데, 아직도 정치인뿐 아니라 아나운서 등도 태연하게 그런 거친 표현을 되풀이하고 있다.

이런 글을 쓰고 있자니, 문득 뜻밖의 생각이 가슴에 복받쳐 오른다. 과할 것도 부족할 것도 없이 자기 마음을 있는 그대로 표현하며 살아갈 수 있는 서민으로서의 행복이다. 요즘 모든 일에 의견을 가져야 할 것 같은 분위기가 있지만, 나는 대개의 일에 결론을 내릴 수 없다.

원전 폐지냐, 존속이냐. 아주 최근에는 TPP(환태평양 경제 동반자 협정) 찬성이냐, 반대냐를 두고도 시끄럽다. 자신의 취향이나 이익이라면 대답은 간단하다. 그러나 긴 안목으로 본 일본인의 존속과 세계적 상황 속에서 답을 내놓는 것은 나로서는 도저히 불가능하다. 그래서 나는 '모르겠다'고 말한다.

다행히 서민들은 모른다고 말할 수 있다. 그리고 정치인처럼 한 나라의 국민에게 큰 화근을 남기는 대죄에 관여하지 않아도 된다.

아홉 번째 이야기

다름에 대한   이해

내가 생각해온 상식

50세가 되기 직전에 안과 수술을 받았다. 수술 결과 천성적인 강도 근시라는 질곡에서 벗어나 바깥 세계가 보이게 되었을 때부터 뜻밖에 아랍이나 아프리카로 자주 떠나게 되었다. 이것은 우연인지 고의인지, 나의 심층 심리 추구였는지, 지금도 모르겠다. 하지만 의식적으로 그쪽으로 갔다는 자각이 없다. 내 기억으로는 주변 상황이 자꾸 그쪽 방향으로 나를 내몰았다는 느낌이다.

오히려 젊었을 때는 아프리카에 깊이 빠져드는 것만은 그만두어야겠다고 분명히 생각했던 적이 있다. 아직 나이가 젊은 지금 시작하더라도 살아 있는 동안 아프리카를 이해하기란 불가능하다는 것을 깨닫고 아예 관심을 두지 말기로 했던 것이다. 또한 내 성격이 학자에 맞지 않는다는 자각도 한몫했다.

그럼에도 불구하고 일은 아프리카를 향해 움직여갔다. 1972년에 시작된 '해외일본인선교사활동원조후원회'의 주요 사업지는 처음에는 아시아, 다음에는 남미였다. 그러나 점차 아프리카 국가로 향하게 되자, 나는 그 돈이 현지에서 확실히 쓰였다는 확인을 하기 위해 시종 아프리카로 가야 했다.

일본인 신부와 수녀 중에 아프리카에서 일하는 사람은 2012년 말 통계로 23명이다. 아마추어인 내가 실감하기에도 세계에서 가장 극심한 빈곤을 보여주는 곳은 아프리카 대륙으로, 지중해에 면하는 마그레브라고 불리는 몇몇 나라를 제외하면 그 가난은 일본인의 상상을 초월한 것이다. 그래서 선교사들이 일하는 장소로서 맨 먼저 언급하는 것이다.

아프리카의 실상을 눈으로 보게 되면 우리 사회가 호소하는 빈부 격차의 발상이 정상인가, 라고 번민하게 된다.

일본인은 아무리 가난한 사람이라도 전기, 수도, TV, 전화, 의료, 기초 교육 등의 혜택을 받고 있다. 싸거나 공짜나 다름없는 권리를 이용해 편리한 전철이나 버스를 탈 수 있다. 그런 것은 아프리카에서는 전혀 있을 수 없는 사치요 혜택이다.

브라질 사람에게 "브라질에는 기초생활보장제도가 있습니까?"라고 물었더니 "그런 건 없습니다."라고 한다. "그럼 가난한 사람들은 어떻게 생활하고 있죠? 친척들이 돌봐주나요, 아니면 친구가 도와주나요?"라고 질문하면 "글쎄, 어떻게 지내고 있을까요?"라는 정도의 대답밖에 돌아오지 않는다. 가난한 사람 주변에는 다정한 사람도 있고, 가난한 상대를 보살필 수 있다고 생각하는 사람도 있다고 할 뿐이다.

"아동 수당은 있나요?"

라고 물어보면,

"그랬다가는 브라질 사람들은 매년 다른 남자의 아이를 낳을 거예요."

라는 대답은 아무래도 일부러 나를 조금 혼란스럽게 하기 위한 것 같기도 했다.

'모르겠습니다' 라는 성실함

이번에 내가 쓰고 싶은 것의 핵심은 지극히 단순한 대화에서조차 성실한 대답을 들을 것이라는 요행은 기대할 수 없다, 라는 체험이다.

얼마 전 오랜만에 싱가포르에 갔다. 약과 식료품을 함께 파는 매장에 들러 사고 싶은 것을 말했더니 "그런 건 없습니다."라고 딱 잘라 대답했다. 그 말을 믿고 돌아서려는데, 곁에 있던 손님이 "여기 있어요."라고 가르쳐준다. 이럴 때 과거 일본의 점원이라면 자신이 서투른 것에 부끄러운 표정을 지었을 테지만, 싱가포르의 점원은 태연했다. 하긴 일본의 백화점도 요즘에는 싱가포르와 비슷하다. 자기가 맡은 매대 바로 뒤에서 파는 물건도 몰랐던 것을 별로 부끄러워하지 않는다.

　그런데 다음과 같은 종류의 질문에 대한 세계 도처의 대답은 생각보다 다양하다.

　"우체국(또는 경찰)이 어디죠?"

　라고 물어보면, 나의 대략적인 인상으로는 인도나 아프리카 사람들은 반드시 가르쳐준다. 하기야 전혀 말이 통하지 않는 지역에서는 안 되지만 말이다. 그런데 가리켜주는 방향이 반드시 옳다고는 할 수 없다. 경찰이나 군인에게 물어봐도 일반인과 비슷한 비율로 잘못 가르쳐준다.

　일본인들은 길을 물으면 흔히 "글쎄요, 잘 모르겠는데요."라고 대답한다. 언젠가 "국도 246호선으로 나가려면 어느 방향으로 가야 할까요?"라고 나와 비슷한 또래의 아주머니한테 물어봤더니 "글쎄, 모르겠네요."라고 대답했다. 다음에는 누구에게 물어볼까 생각하면서 그냥 걷기 시작했는데 불과 1, 2분도 안 돼서 자동차 소리가 들린다. 눈앞에 국도 246호선이 뚫려 있었다.

　100미터도 안 떨어진 곳에 살면서 유명한 246호선도 모르다니, 도대체 어떤 사람이냐고 나는 분개한다. 이래서 '아줌마'는 안 되는구나, 하고 나도 명예롭게 그중 한 사람임을 잊는다.

　일본 경찰도 똑같다. 헬멧을 쓰고 긴자 거리에 서

있는 경찰에게 유명한 가게 이름을 대며 "어느 쪽이 죠?"라고 물으면, "죄송합니다. 여기 지리는 잘 몰라요. 저는 가고시마현경에서 지원하러 올라왔거든요."라고 귀여운 목소리로 대답한다. 정말이지, 제자리에 서 있는 경비 따위를 하기보다는 긴자 번화가를 구경시켜주고 싶다는 생각이 들었다.

그러나 이 경우에도 일본 경찰은 "모르겠습니다."라고 말하는 것을 하나의 성실로 여긴다. 하지만 모든 나라의 경찰이 거짓말을 하지 않는 것이 상식이라고 생각하는 건 오산이다. 경찰도 거짓말을 하고 상대를 가리지 않고 돈을 요구하는 나라는 얼마든지 있다. "모르는데 아는 척하면 안 돼."라고 일본 부모들은 자녀를 가르친다. 정직이 우선이라고 생각한다. 하지만 이런 가치관에 익숙한 일본인은 외국에서는 상식 밖의 상황에 바보처럼 당황하게 된다.

나는 학자가 아니기 때문에 내가 하는 말은 엄밀히 책임질 일 없는 거친 체험담이다. 즉, 그것은 내 말을 믿지 않아도 된다는 뜻이기도 하다. 인도와 아프리카 대륙에서 길을 물어보면, 그 주변 사람들은 대개 틀림없이 가르쳐준다. '포스트 오피스(post office)'나 '폴리스 스테이션(police station)' 같은 단어는 많은 사람들이 알고 있으므로 손가락으로 보여주면 방향은 알 수 있다.

그런데 길을 가르쳐준 사람이 길을 알고 가르쳐준다는 보장은 어디에도 없다. 그들 중 상당수는 몰라도 가르쳐준다. 오른쪽으로 가라고 해서 가보면 아무리 걸어도 우체국이 보이지 않는다. 그 일본인은 화가 나서 가르쳐준 사람에게 되돌아가 "당신 엉터리로 가르쳐준 거 아니에요? 우체국 같은 건 없잖아요. 거리 자체가 사라졌다고요."라고 말해봤자, 그 남자는 반성하기는커녕 "그럼 저쪽이에요."라고 전혀 반대 방향을 가리킬 뿐이다.

그 근처의 노인네에게 물은 게 실수였다고 우리는 반성한다. 다음부터는 헛걸음을 하지 않도록 올바른 정보를 얻으려고, 지도 읽는 법 등도 훈련되어 있는 것이 틀림없다고 하는 군인이나 경찰을 찾아 같은 질문을 한다. 그런데 그들 또한 같은 정도로 엉터리 대답을 한다.

"모르면 모른다고 하지 왜 모르는 것을 가르쳐줍니까?"라고 현지인에게 물으니, 그들 사회에서는 확실하든 확실하지 않든 대답해주는 것이 타인에 대한 친절의 첫걸음이라고 한다. 일본인처럼 "모르겠는데요."라고 대답하는 것만큼 외지인에게 냉정한 것은 없다고 생각하는 것이다.

친절한 불친절

1983년, 수에즈 운하에 해저 터널이 뚫린 해에 나는 지인들과 카이로를 방문했다. 시나이 반도 조사를 하기 위해서였다. 앞으로 한 달 정도면 터널이 정식으로 개통된다고 했다. 수에즈 운하까지 페리를 이용했고, 자동차도 배에 실었다. 그런데 돌아오는 길에 그 고장을 잘 아는 지인 중 한 명이 물었다. "돌아오는 길에는 터널을 통과하시겠어요?" "하지만 아직 개통하지 않았잖아요."라고 내가 일본인답게 고지식하게 말하자, 그 사람은 "터널 자체는 이미 완성되었을 테니까요."라고 아무렇지도 않은 듯이 말한다.

하긴 맞는 얘기다. 보통 터널 공사는 철도의 경우

라면 더미(안전성 실험 등에 쓰이는 인형) 등을 기관차 모양의 부설물에 실어 관통된 터널에 깔린 궤도 위를 여러 차례 통과시켜, 혹시라도 터널과 기관차의 접촉 부분이 있지는 않은지 꼼꼼히 검사하는 데 일정한 시일이 걸린다.

터널과 이어진 간선 도로는 밭을 돌아갔다. 진입하는 곳에는 바가 내려져 있고, 멀리 밭목까지 내려오는 이집트 전통 옷에 두건을 두른 남자가 파수꾼처럼 서 있었다. 지인이 현지어로 뭐라고 하자 남자도 호통을 쳤으나, 얼마 안 있어 이쪽으로 걸어와 바를 올렸다.

"뭐라는 거예요?" 하고 나는 의아해하며 물었다.

"'통과시켜 주게'라고 했더니, '오늘은 아직 안 돼' 이러는 거예요. '왜 그러냐'고 물었더니 '사령관이 없어서 통과할 수 없다'고 합디다. '사령관이 없으면 딱 좋잖아'라고 제가 대꾸했더니 '그것도 그렇지'라고 해서 통과하게 된 거죠."

과연 그렇군, 하고 나는 조금 영리해진 기분이 들었다. 안 된다고 해서 순순히 발길을 돌리는 약한 마음으로는 일본에서밖에 살 수 없다. 외교부터 서민 생활까지 반드시 뒤처지게 된다. 물론 이 파수꾼은 우리에게서 뇌물을 받아 챙길 욕심에 우리를 통과시켜준 것이다.

터널 입구 근처 광장에 이르자 그곳에는 우리처럼 꼼수를 부린 차가 10대 가까이 기다리고 있었다. 터널 공사 현장은 차를 일렬로 세워 통과시킬 작정인 것 같았다.

우리 차 앞에는 작은 트럭에 아내와 아이들, 그리고 개까지 태운 영국에서 온 백인 가족이 있었다. 내 지인은 유유히 차에서 내려 그 영국인 남자와 서서 이야기를 시작했다.

어디로 가느냐고 지인이 묻자 선글라스에 버뮤다팬츠를 입은 영국인은 수단에 간다고 대답했다.

"정말 즐거운 여행이 될 것입니다." 하고 지인은 세련된 어조로 대꾸했다. 그러나 조수석에 앉은 채 그것을 듣고 있던 나는 기가 막혔다.

이 지인은 전부터 "저는 세계 어디든 갈 수 있어요. 수단을 빼고는 말이죠."라고 말했다. 아마도 수단에서 단단히 고생을 한 모양이었다. 그가 체험한 수단의 사회적 정세가 최악이었다는 말인지, 그곳에서 병을 앓게 되어 죽다 살아난 경험이 있어서인지는 모르겠지만, 그가 수단을 싫어한다는 것은 알고 있었다. 어쨌든 그가 가장 가기를 꺼리는 곳으로 이 영국인은 가려고 하는 것이었다. 지인은 넉살좋게 "최고의 여행이 되겠군요."라고 감탄사를 내뱉는다. 나는 속으로 저래서는 안 된다고 생각했다.

이윽고 꼼수를 쓴 자동차의 대열이 조금씩 움직이기 시작했다. 지인도 운전석으로 돌아왔을 때 물어봤다.

"당신은 전부터 수단을 빼고는 어디든지 갑니다, 라고 말했었죠? 수단은 힘든 곳이라고 말해주지 그랬어요."

"아프리카에서는 그가 그곳에 갈 때까지 즐거운 꿈을 꾸면서 가도록 배려해주는 게 예의니까요."

눈이 떠지는 기분이었다. 그래, 여기는 아프리카였지, 라고 나 자신에게 말해주었다.

"그리고 지금 제가 수단은 형편없는 곳이니 가지 말라고 한들 고집 세 보이는 영국인이 가는 것을 그만두겠습니까? 그럴 바에야 목적지에 도착할 때까지 기분 좋게 가야죠."

맞는 말이라고 생각했다. 우락부락한 남편과 튼튼한 체격의 안경 쓴 아내, 아이들과 개. 영국을 떠날 때부터 오직 수단만을 생각하고 여기까지 왔다는 게 눈에 보였다. 장비도 많이 챙겨 왔다. 트럭의 차 높이도 높고, 빨래를 널 생각인 것 같은 끈도 매어 있으며, 예비 타이어도 몇 개 싣고 있다. 유람을 목적으로 하는 관광객의 여장이 아니다.

세상에는 여러 가지 형태의 친절이 공존한다. 친절이라고 해서 늘 한결같아야 될 이유는 없다. 시시각각 변하는 상황에 대응하겠다는 각오가 필요하다.

누가 길을 물어보면 부정확해도 어쨌든 가르쳐 준다. 아프리카에서는 그것이 친절이다. 아프리카 전역에서 그런 친절을 찾아볼 수 있다. 우리는 그들의 친절을 거짓말이라고 부른다. 그리고 그런 엉터리를 가르쳐주고는 어른은 팁, 아이들은 용돈 벌이를 했다며 화를 낸다. 그러나 그들에게는 그것이 오랜 세월 조상들이 취해온 상냥함의 형태이기 때문에, 일본인들이 왜 화가 났는지 전혀 이해할 수 없을 것이다.

"바로 저기예요."라는 말을 믿고 그곳 사람을 한 시간 넘게 따라갔다가 불안과 불신으로 녹초가 된 일본인도 있다. 한참을 가도 목적지는 나오지 않고 이대로 납치되는 건 아닌가 불안과 공포에 떨었다고 한다. 조금만 가면 물을 마실 수 있다고 했지만 결국 갈증으로 죽게 되는 건 아닌지 두려웠다는 마음고생은 두고두고 이야깃거리가 될 정도였다고 한다.

일본인에게 '바로 저기'는 1~2분, 고작해야 5분 정도면 도착하는 장소다. 그런데 생각해보니 사람의 생애에서 한 시간 정도는 '금방'이다. 그런 관념을 견디지 못하는 사람은 살아갈 가치가 없는 나약한 인간이라고 비난하더라도 부당하지 않겠다는 생각을 해봤다.

열 번째 이야기

관계에 대한　　　무의식

무의식 중에 나타나는 인간관계

　타인과의 관계는 즐겁거나 괴롭다. 그래서 우리
는 인간관계의 바람직스러운 상태가 있을 것이라는
기대를 품고 있다. 나 역시 오랫동안 그렇게 믿어왔
다. 나에 대한 타자의 평가, 예를 들어 나의 윤리관
에 대해서 어떻게 생각하는지, 나의 말솜씨에 대해
어떻게 받아들이는지는, 실은 좀처럼 판단이 서지
않는다. 내가 채소 가게 주인으로 산다면 서투른 말
주변으로도 충분하겠지만, 나의 윤리관이 외부에 드
러나기 위해서는 반드시 '정황'이 필요하기 때문이
다.

　동일본 대지진 같은 사건을 몸소 겪게 된다면 거
기서 인간은 있는 그대로의 자신을 드러내지 않을

수 없다. 하지만 운 좋게 재난을 당하지 않은 사람은 자기의 진짜 윤리관을 숨긴 채 겉치레로 얼마든지 동정하는 말을 해줄 수 있기 때문이다.

나는 친절한 사람이다, 그러므로 지금 손에 쥐고 있는 주먹밥의 절반은 언제든지 다른 사람에게 나눠 주겠다, 라고 말할 수 있는 사람은 용감하다. 전쟁 중의 극심한 식량난, 빈곤 속에서 보통 인간은 자신이 가진 주먹밥을 남에게 절대로 빼앗기지 않으려고 숨어서 먹었다.

어딘가에서 읽은 이야기다. 기억이 희미해진 탓에 정확한 출처는 가물가물하다. 내용은 이렇다. 도호쿠(東北) 지방에 쓰나미가 내습하기 직전에 높은 지대로 피난하려던 한 대의 자동차가 길이 막혀 옴짝달싹 못하고 있었다. 그때 이웃에 사는 두 노인이 태워달라고 청했다. 높은 지대로 피신해야겠는데 걸어서는 못 가겠다는 것이다. 아마도 자동차는 남편이 운전했을 것이다. 옆자리에 중년의 아내가 타고 있었고, 또 아이들이 뒷자리에 타고 있다. 두 노인이 탈 자리는 없었다. 아내는 매우 친절한 사람이었다. "나는 걸어갈게요."라면서 두 노인에게 자리를 양보했다.

쓰나미가 밀려오고 있었다. 하지만 사람들은 상황이 어떻게 돌아가고 있는지 몰랐다. 그저 꽉 막힌

도로에서 빠져나와 높은 지대로 올라가면 살 수 있다고 믿었다. 두 노인이 탄 자동차는 간신히 안전지대에 도착했다. 자리를 양보해준 아내는 쓰나미에 휩쓸려 돌아오지 못했다. 가족의 슬픔을 무엇으로 표현할 수 있을까. 두 노인도 훗날 얼마나 괴로워했을까.

이 사건에서 그 누구도 악의는 없었다. 오직 선의뿐이었다. 그럼에도 비극은 일어난다. 비극을 치유할 방법은 달리 없다. 비극의 당사자가 냉정하게 상황을 분석하든가, 신앙의 힘을 빌려 떨쳐내든가, 시간이 지남에 따라 잊는 것 외에는 뾰족한 수가 없다.

다만 여기서 나는 이 사건 배후에 교육이 숨어 있다고 생각한다. '규칙', '안전 기준', '정원'이라고 하는 것은 평상시의 기준일 뿐이다. 비상사태에서는 깨끗이 무시해버려도 무방하다는 교육이 일본에는 없었던 것이다.

규칙만 지키면 된다는 정신은 궁극적으로 인간의 생명을 지켜주지 못한다. 정원을 지키라는 것은 자동차의 안전 운행에 필요한 지침일 뿐이다. 체중이 80킬로그램인 사람이라도 정원의 1명이다. 40킬로그램의 야윈 할머니라면 두 사람 몫이다. 그것을 알았다면 굳이 아내가 내릴 필요가 있었을까. 두 노인을 차 안에 밀어넣어도 차는 굴러간다. 간단한 일이었다. 이런 긴급 대피가 필요한 경우에는 차가 움직일 수 있다면 몇 명이 타든 사람들을 몰아넣어도 괜찮았다.

이 사건은 규칙을 지켜야 된다는 윤리관 때문에 벌어졌다. 그래서 잊을 수가 없다.

나 자신은 나이가 들면서 점차 적당히 살게 되어버렸다. 개도국과 너무 많이 접촉하다보니 룰을 중시하는 선진국형 의식을 따르는 것보다 스스로 자신의 몸을 지켜야 한다는 개도국의 실력주의 방법이 더 도움이 된다는 것을 배웠기 때문일 것이다. 규칙을 깨더라도 나와 타인을 살릴 수 있다면 그것으로 족하다고 생각하게 되었다.

잘난척하는 것은 아니지만, 규칙을 어기는 것도 사실 그리 쉽지 않다. 나름대로 규칙을 준수하는 시민 의식과 숲이나 황야에 사는 수렵민의 의식은 엄연히 다르다. 따로 훈련을 계속하지 않으면 제대로 발휘되지 않는다.

잠재의식에 아연해하다

내 마음은 나만 안다는 확신이 있었다. 아니, 사실 나는 '확신'이라는 것만은 갖지 않으려고 했기 때문에 '확신에 가까운 것이었다'라고 하는 것이 옳을 것이다. 하지만 최근에 나는 이 자신감마저 잃게 되는 끔찍한 경험을 했다.

2011년 5월 말부터 6월 상순까지 나는 마다가스카르의 안치라베(Antsirabe)라는 도시에 머물렀다. 개인적으로는 네 번째 방문이었다. 관광지라고 할 수 없는 이런 시골 마을에 뭐가 좋아 네 번씩이나 찾아갔는지 나 자신도 영문을 모르겠다. 지금까지의 방문은 내가 일하던 '해외일본인선교사활동원조후원회(JOMAS)'라는 조직이 돈을 지원하고 있는 학교

건물 등이 완공된 것을 확인하러 가는 것이었다.

그러나 이번 방문 목적은 학교가 아니었다. 그때까지 의료를 받을 돈도 기회도 없이 방치되어 있던 광활한 무의촌 지역의 가난한 아이들에게 구순 구개열 수술을 받도록 하는 프로젝트를 쇼와대학 의사들이 기획했고, JOMAS가 그 자금의 일부를 내놓았기 때문이다. 나는 평소처럼 그 일의 후방 지원과 종료 확인을 하러 갔다.

나는 의사들의 일을 지원하기 위해 나를 포함한 세 명으로 정예 부대를 만들기로 했다. 나 자신은 1.2톤에 달하는 의약품 수송을 위한 준비 작업을 했을 뿐이고, 정확히 말하면 현장에서 봉사해준 사람은 나 이외의 남녀 1명씩 2명이었다.

이들은 수술 전에 불결한 아이들의 몸 전체를 씻기고, 닦은 적도 없는 이를 닦게 하고, 손가락을 씻겼다. 수술 후에 상처로 인한 감염을 조금이라도 막기 위해서였다. 물론 이런 일말고도 이 정예 부대는 바빴다. 숙소인 수도원 방의 망가진 선반을 고쳤고, 부서진 변기를 어떻게든 앉을 수 있게 했으며, 의사들의 건강을 지키기 위해 식재료를 사러 가거나, 일본식 카레라이스를 만들기 위해 양파 껍질을 벗기는 등 온갖 잡일을 해줬다.

이들은 여비도 숙박비도 자기가 부담하는 자원

봉사로, 일종의 '부자 대원'이었다. 사실 '신의 정예 부대'라는 신학적 사상에서 봤을 때 신이 명하는 대로 손을 더럽히는 어떤 일도 하는 최고의 영예를 짊어지고 있었는데, 결과적으로 나는 두 사람을 부려먹은 셈이다.

내가 노동 면에서 가장 쓸모없는 부대원이라는 것을 보여주는 사건은 현장에 도착한 날 일어났다. 5년 전에 발목이 부러진 뒤로는 다리 기능이 많이 떨어졌던 나는 수도원의 낯선 구조에 난간도 없는 계단을 네 계단쯤 굴러 떨어졌다.

그때 내 곁에는 두 명의 동료가 있었다. 그중 한 명은 내가 죽었다고 믿었다. 수녀들이 아끼며 기르던 제라늄 화분이 내 품에 안겨 있었는데, 그게 떨어져 깨지는 소리가 내 두개골이 깨지는 소리로 들렸기 때문이다.

나는 겁이 많은 편이다. 영화에서처럼 강도에게 뒤통수를 얻어맞은 적도 없고, 교통사고를 당해 차에서 튕겨나간 적도 없다. 어렸을 때부터 몸이 튼튼해서 빈혈로 쓰러져본 기억도 없다.

계단에서 떨어져 수십 초인가 1분인가 기억을 잃어버린 것 같은데, 떨어진다는 의식이 있던 마지막 순간 불안하지도 않고 두렵지도 않고 오히려 따뜻한 밝음 속에 있었다. 그 뒤로 잠시 후 몇몇이 내게 뭔가를 말해줬는데, 그게 누군지 지금도 잘 모르겠다. 그 뒤로 의사 중 한 명이 혹이 생긴 내 머리를 쓰다듬어줬다. 이어서 그 사람들이 나를 옮기려고 했기 때문에 정신이 들었다. 나처럼 덩치 큰 인간을 나르는 게 신기하다고 생각했을 때부터 정신이 돌아왔다. 어찌 된 일인가 하며 내 발로 걷고 싶어짐과 동시에 정신을 차렸던 것 같다.

그 자리에 있던 동료 두 사람은 의식이 없는 동안에 내가 했던 말을 기억했고, 그들에게서 들은 말은 경악 그 자체였다. 도저히 내가 한 말이라고는 믿을 수 없었다.

내가 제일 먼저 꺼낸 말은 "정말 미안해요. 화분을 깨뜨려서…. 나중에 변상할게요." 였다고 한다. 누군가가 마다가스카르인 수녀에게 내 말을 통역해주었고, 수녀는 "노, 노, 노, 노."라고 손을 내저었다고 한다. 그 뒤로, 아마 그때까지도 나는 쓰러진 채 일어나지 못하고 있었던 것 같은데, "별빛이 아름답군요."라고 말했다는 것이다.

이런 경우 잠재의식이 나온다고 하는데, 새삼스럽게 이게 내 잠재의식인가 생각하니 싫다 싶었다. 냉정하게 의식을 되찾은 상태였다면 절대로 하지 않았을 말이었기 때문이다.

나는 꽃을 좋아하고 잘 기른다. 제라늄이 아무리

예뻐도 그 값이 뻔하다는 것을 알고 있다. 싸구려임을 알고 있는 이상 화분 값을 변상하겠다는 말은 절대로 하지 않는 게 나다. 마다가스카르 수도원은 가난하게 살고 있기 때문에 분명히 화분 하나라도 예산 안에서 마련해 샀을 것이다. 하지만 나는 수도원에 체재비를 낼 때 규정보다 더 많은 기부를 하고 돌아갈 생각이었기 때문에, 내 과실로 화분 하나쯤을 깨뜨려도 변상하겠다고 말할 생각은 없었을 것이다.

그날 밤에도 정말 별은 가슴을 울릴 정도로 맑았다. 예전에 마다가스카르를 무대로 《시간이 멈춘 아기(時の止まった赤ん坊)》라는 작품을 썼다. 일생동안 속세와의 관계를 끊고 완전한 침묵 속에서 기도로 세월을 견뎌내는 '클라라회'라는 명상 수도회를 다룬 그 작품에서 검은 숲에 빛의 띠가 된 은하수가 꽂히듯 떨어지는 모습을 쓴 적이 있다. 그곳에서는 무수한 미숙아가 겨우 몇 시간 동안 현세의 공기를 간신히 들이마시고 죽어가고 있었다. 부모는 아이의 죽음을 애도하며 목청껏 울지도 못하는 조심스럽고 무거운 삶을 살아갔다.

그걸 아는 만큼 아무리 은하수가 믿기 어려운 장려함으로 빛나더라도 제정신이었다면 절대로 "별빛이 아름답군요." 같은 모독적인 미사여구를 말하지 않는다. 할 리가 없다. 인간은 이렇게 장엄한 빛을 보이는 별 아래 있을 때 그저 침묵하는 수밖에 없다.

이것이 내가 감춰온 내 안의 진실인 것을 알고 나는 아연실색했다. 두 동료는 내 내면을 들여다본 듯 즐거워했고, 나는 떫은 표정을 짓고 있었다.

교감 신경 우위형의 삶

나는 20대 중반부터 계속 불면증이 있었다. 그 때문에 내 마음이 내켜서 간 음악회나 연극을 보다가 남들 몰래 졸기는 했어도, 어떻든 공적인 자리에서 회의 도중에 존 적은 아직 한 번도 없다. 얼마 전까지만 해도 나는 회의 중에 조는 사람을 보면 노화가 진행되고 있는 탓이라고 여겼다. 회의에서 졸게 된다면 위원직에서 물러나는 게 낫지 않나, 생각했다.

최근에야 졸음이 인간의 단순한 생리 결과, 쉽게 말해 버릇임을 깨달았다. 나는 자율 신경 중에서도 교감 신경*이 발달한 모양이다. 그래서 늘 맥박이 빠르다. 숨도 빨리 가빠온다. 그로 인해 행동에 불편을 느낄 때가 많다.

단것을 거의 먹지 않고 짠 것만 좋아하는데, 다행히 혈압은 약 없이도 일단 정상 범위를 유지하고 있다. 고혈당도 아니다. 다만 이 맥박이 빠른 것을 고치는 심장약을 복용하기만 하면 각막이 건조해져 궤양을 일으켜 눈이 아프다. 타고난 성격이 약으로 고쳐질 리 없다고 나름대로 핑계를 대고 약도 지속적으로 복용하지 않는다. 눈 아픈 건 가장 직접적인 고통이고, 나는 어릴 때부터 강도 근시로 고생해왔기 때문에 시력을 잃는 게 무엇보다 두려워서 이 약을 거부하고 있다.

흔히 부교감 신경이 활발한 사람은 느긋하고 대범하여 편안하고 건강하게 오래 산다고 한다. 그에 반해 나 같이 교감 신경 우위형은 '사람됨이 작고, 정신없이 바쁘게 살고' 있는 고슴도치처럼 소심함이 느껴진다. 그렇다고 부교감 신경이 활발하게 작용해 식후에는 늘 졸 정도로 평온한 심리를 얻고 장수를 바라는 것은 아니다. 그것이 과연 나다운 인생일까 반문해보면 또 그렇지 않기 때문이다.

마다가스카르에서 의사들은 12일간 32명의 구순구개열 환자들을 수술했다. 그리고 32명 전원이 좋

---

* 흥분하거나 응급 상황 또는 위급한 상황 시에 빠르고 강하게 신체가 적응할 수 있도록 하는 힘을 만들어낸다. 즉 맥박 증가, 혈압 상승, 소화 억제 등 몸이 위험한 상황에 대처할 수 있는 긴장된 상태가 된다.

은 결과를 받았다.

어린이 수술은 아무리 가벼운 것이라도 전신 마취가 필요하다. 그러기 위해 평범한 냉장고만 한 크기의 마취기를 비행기에 실어서 운반해야 했다. 마다가스카르의 산원에서 행해지고 있던 것은 제왕절개까지이기 때문에 지금까지는 요추 마취로 끝났다. 본격적인 마취 설비는 없다고 봐야 했다.

이미 있는 구식 기계도 망가졌다든가, 산소가 연결되어 있지 않다든가 하는 여러 정보가 있었다. 결국 우리는 타인을 믿지 말고 자기 완결형으로 모든 필요 기자재를 직접 가져가야 한다는 개도국 지원의 기본형으로 준비했다. 그것이 1.2톤의 짐을 마다가스카르까지 움직이는 작전을 취하지 않을 수 없게 된 이유다.

모든 사람에게 적용되는지 어떨지 모르겠지만, 평소 얌전하고 말 잘 듣는 아이일수록 마취에서 깨어날 때 난동을 부린다고 한다. 그런 이야기를 들으니 새삼 평생 전신 마취 당하는 일만은 없어야겠다고 생각하게 되었다.

내가 깨어날 때 설마 발광하진 않겠지, 라고 은근히 자신하고는 있다. 그래도 평소 세간의 작은 소문에도 화들짝 반응하며 심리적으로 난동을 부리고 있고, 세상에도 음흉하게 반항하고 있으니, 이미 심리 억압이란 제로에 가까워졌을 것이다. 게다가 이런 이야기는 맥주를 잔뜩 마신 의사들이 아마추어들을 겁주려는 우스갯소리일 수도 있다고 의심하기도 했다.

그러나 이번 추락 사고는 나의 본성이란 도대체 어떤 것일까 하고 의심할 기회를 주었다.

진실은 마다가스카르의 밤하늘이 숨 막히게 아름다웠다는 것이다. 그러나 그런 일은 혼자 감동하면 되지, 그 생각을 남들과 나눌 필요가 있다고는 생각되지 않았는데, 그날 계단에서 떨어진 나는 속내를 들킨 셈이다.

내가 이렇듯 쓸데없는 고민에 싸여 있는 동안 의사들은 32명의 인생을 구조했다. 마다가스카르를 뒤로하며 "내년에 또 오겠습니다."라고 약속하면서….

열한 번째 이야기

관계를 곤란 하게 하는 문턱

안 맞는 사람

인간관계만큼 두렵고 또 동시에 매력적인 것은 없다. 어느 쪽이 진짜냐고 누가 묻는다면 나는 대답하지 못할 것 같다.

남들과 어울리기 싫다고 스스로 말하는 사람도 있고, 말없이 사람들을 피하는 사람도 있다. 그 정도는 저마다 차이가 있다. 어쩐지 사람과의 관계맺기가 어색하다며 평생을 살아가는 사람도 있고, 철저히 방 안이나 산속에 틀어박혀 외부와의 관계를 극단적으로 피하는 사람도 있다. 순전히 취향의 문제로만 치면, 나는 후자와 비슷한 성향이었다고 생각한다.

바깥과의 관계가 전무한 상황에서 나로 인해 상

대방이 피해를 받게 될 염려는 없다. 평생에 내가 교제를 피한 몇 명이 있었다. 그들이 나쁜 사람이었다고는 생각하지 않는다. 다만 대화를 나눌 때 내가 말한 의미를 잘못 이해한다기보다는 아예 정반대의 뜻으로 받아들여 내 쪽에서 지레 겁을 먹게 되었다. 순전히 청력이 나빴던 것일까? 아니면 모국어 이해력에 문제가 있는 사람이었을까? 혹은 나의 표현력에 문제가 있었을 수도 있다.

인생을 살다보면 알고 싶어도 알 수 없는 문제들과 부딪친다. 한마디로 답이 없다. 중년의 어느 한 시기에 나는 한 가지 결론에 도달했다. 굳이 답을 찾아낼 필요가 없다는 것이다. 모르겠으면 모르는 대로 넘어가야 한다는 것이다. 그 생각이 나를 구원했다. 처음부터 그렇게 생각한 것은 아니지만, 점차 그렇게 생각하게 되었다, 라고 하는 편이 옳을 것이다.

나는 학자도 아니고 정치인도 아니다. 내가 총리대신이었다면 쓰나미가 원자력 발전소를 무너뜨렸을 때 그다음 조치를 구상하느라 불행해졌겠지만, 나는 평범한 시민이므로 나의 행복을 위해 중요한 결정을 언제든 뒤로 미뤄버릴 수 있다.

미룬다는 것, 혹은 지워버린다는 것이 우리에겐 필요하다. 사소한 게으름이 행복의 이유가 된다. 갈피를 못 잡고 방황하는 시간들, 모르는 것들로 인한 부끄러움과 강제된 판단을 때로는 허용하지 않고 넘어갈 수 있음이 얼마나 고마운 일인지 모른다.

그래서 나는 내가 하는 말을 이해해주지 않는 귀머거리 같은 사람을 만나면 자연스럽게 멀어지기로 한 것이다. 어쩌면 같은 인간이고 같은 모국어를 말하는 상대라도 소통되지 않는 기묘한 현상이 있을 수 있기 때문이다.

사람과 사람 사이의 거리란 얼마나 위대한 의미를 갖는 것인가. 떨어져 있기에 우리는 상처 받지 않는다. 놀라운 마법이다. 세상만사를 해결해주는 마법의 지팡이다. 그리고 우리들은, 아니 어쩌면 나는 그와 잠시 떨어져 있음으로써 세월과 더불어 그에 대한 그리움을 느끼게 된다. 그가 좋은 사람이었다고 착각하게 되는 것이다. 이상한 일이지만 행복한 결말이기도 하다. 그들과 떨어져 있는 거리만큼 그들에 대한 사랑이 내 안에서 커져간다. 만날 수도 없고 목소리도 들리지 않는데 그를 증오하게 되었다는 경험은 아직 체험해보지 못했다.

소문 내지는 관습

 중년 이후 나의 심리적 특징 중 하나는, 이 세상에서 무엇이 좋고 무엇이 나쁜지 점점 더 알 수 없게 되었다는 것이다.

 취향은 뚜렷이 남아 있다. 나는 원칙적으로 단것을 먹지 않는다. 팥소나 초콜릿 평론가처럼 혀를 보호해야 하는 것도 아닌데 일상생활에서 되도록 단것은 멀리했다. 그러나 짠 음식을 먹지 않으면 컨디션이 나빠졌다. 나는 소금 금단 증상이 분명히 있다고 생각한다.

 이렇듯 취향은 있지만, 살인, 방화, 사기처럼 분명한 죄악 외에는 결정적으로 어떤 사람이 악인(惡人)이고 선인(善人)인지 정의할 수 없게 되었다.

다만 인간관계를 성립시키는 데 극단적으로 성가신 것이 두 가지 있다고 생각한다.

　그 첫 번째 것이 소문이다. 인간은 소문을 좋아한다. 소문의 80~90퍼센트는 사실이 아니다. 사실이 아닌 것을 바탕으로 사람들은 새로운 이야기를 만들어 퍼뜨린다. 소문이 아무 재미가 없는 경우도 가끔은 있다. 손자가 태어났다느니, 아들이 전근을 갔다느니, 지진으로 무너진 지붕 고치기를 간신히 끝냈다는 유의 것이다.

　내가 좋아하는 소문은 서로 잘 아는 지인들 사이의 의미 없는 실패담이다. 근시라서 일면식도 없는 사람에게 인사했다, 신발을 짝짝이로 신고 나갔다와 같은 유의 '무용담' 이 그에 해당한다.

　그러나 대부분의 소문들은 그 밑바닥에는 상대의 불행을 바라는 마음이 포함되어 있다. 상대방 가정의 불행, 상대의 마음속에 숨어 있는 어둠의 부분 등, 소재가 무엇이든 소문은 상대를 곤란에 빠뜨리고 싶은 심정의 변형인 경우가 많다.

　사실 상대를 멸시하거나 열등시함으로써 약간의 자신감을 얻거나 행복을 맛보는 심리 조작은 어디에나 있다.

　일본인이 보기엔 인도의 불가촉천민은 사회적으로 압박 받는 딱한 처지에서 살고 있는 것처럼 비친다. 나는 우연히 인도의 불가촉천민 아이들을 위한 학교 건설에 관여한 적이 있는데, 그때 그들의 생활을 엿볼 수 있었다.

힌디어로는 불가촉천민을 '달리트(Dalit)'라고 부른다. 이 말에는 그들보다 상급 카스트와 교제할 수 없다는 뜻이 포함되어 있다. 예수회 신부들 요청으로 달리트 아이들을 위한 초등학교가 건축되었다. 달리트보다 상위 계급에 속하는 가정의 아이들은 한 명도 그 학교에 입학하지 않았다.

인도 사회는 정치적으로 평등을 가장하고 있다. 당연히 달리트 출신 각료도 있다. 외국에서 국빈이 방문하면 달리트 출신 각료도 테이블에 앉아 환영 만찬회에 참석한다. 그러나 행사가 끝난 후에는 계급이 다른 각료들로부터 따돌림을 당한다. 개인적으로 교제하거나, 같은 테이블에서 밥을 먹는 일은 절대로 없다고 한다.

과거에 달리트 계급은 길을 걸을 때 단지를 들고 다녀야 했다. 자기들보다 상급 카스트의 땅을 걸으면서 침을 뱉거나 그들의 땅에 더러운 것을 떨어뜨려서는 안 되기 때문에 가래나 침은 그 단지에 뱉었다고 한다. 우리 일본인은 "그렇군요. 땅에 침이나 가래를 뱉으면 위생적이지 않으니 항아리에 뱉는 게 좋겠네요."라고 하지만, 그런 뜻은 아닌 것이다.

즉, 상급 카스트는 달리트를 더러운 존재로 보고, 상급 카스트의 땅을 더럽히지 말라는 것이었다.

우리는 달리트 가정에 몇 번 초대되었다. 그리고 저녁을 먹기 전에 몇 가지 의식을 치렀다. 불이 붙은 담배가 놓여 있는 쟁반에 캔디와 바나나, 비스킷을 담는다. 쟁반 한쪽에는 향료가 담긴 주머니도 있다. 희미하게 연기를 내뿜는 쟁반을 우리 머리 위로 빙빙 돌린다. 부정 타지 않도록 하는 것인지, 아니면 축복해주는 의미인지는 확실치 않다. 그런 후에 쟁반 위의 음식을 먹는다. 먹는다기보다는 입에 가만히 물고 있어야 한다.

이러한 의식이 행해지는 분위기는 부드럽고 따뜻하지만, 배후에는 감춰진 진실이 있다. 이것은 손님의 사상을 미리 점검하는 일종의 후미에(踏み繪)*다. 힌두 사회에서는 달리트에게 혐오감을 갖고 있다면 절대로 그들 손에 닿은 것, 그들이 먹는 것을 입에 대지 않기 때문이다. 우리가 거기서 바나나든 비스킷이든 맛있게 먹는다면, 그때 우리는 달리트에게 편견을 갖지 않거나 그들과 같은 사회에 사는 것

---

* 일본의 에도 시대에 에도 막부가 금지령을 내렸던 기독교 신자를 색출해내기 위해 사용했던 방법으로, 그리스도·성모상이 그려진 목조판 또는 금속제의 판을 밟고 지나가게 했다(사상 조사 따위의 수단으로도 비유됨). 이때 사용했던 그리스도·성모상을 의미한다.

에 동의한다고 여겨진다.

우리 눈에는 계급 제도가 어리석은 편견처럼 보였다. 자신이 속한 계급에서만 자기 존재 의의를 증명할 수 있다는 것이 그들의 부족한 자신감에서 기인하지는 않을까 궁금하게 여겼다. 그런데 놀랍게도 달리트 대부분이 그들을 멸시하는 계급 제도를 필요로 하고 있었다.

달리트에도 상하가 있음을 최근에야 알게 되었다. 상하의 차이가 어떻게 나뉘느냐고 묻자 상체를 세우는 직업에 종사하는 사람이 상급, 허리를 숙이고 일하는 사람이 하급이라고 한다. 인력거를 끄는 달리트는 허리를 세우고 있으므로 상급 달리트다. 반면 마룻바닥에 쪼그리고 앉아 빗자루로 먼지를 쓸어 담는 청소부나 몸을 굽혀 흙을 만지는 농부는 하급 달리트다.

인도의 카스트 제도가 서로의 경계선을 결코 넘지 않는다는 것을 나는 23세에 배웠다. 뉴델리의 일본인 가정에서 커피를 대접받았을 때 찻잔을 엎은 적이 있다. 커피가 호화스러운 캐시미어 카펫 위에 쏟아졌기 때문에 나는 너무 당황스럽고 죄송해서, "사모님, 걸레를 좀 빌려주세요."라고 말했다.

그러자 그 집 부인은,

"두세요, 그대로. 곧 하인이 닦을 거예요."

라면서 나를 제지했다. 그 명령에 기가 죽어 가만히 있자, 부인은 손뼉을 치며 "베아라." 하고 누군가를 불렀다.

'베아라' 는 인도나 파키스탄에서 '남자 하인' 을 가리키는 말이다. 태도가 세련된 청년이 나타났다. 나는 그가 카펫에 흘린 커피를 닦으리라고 생각했는데, 그는 손뼉을 쳐 다른 남자를 불렀다. 그러자 이번에는 좀 비굴한 느낌의 남자가 나타나 말없이 걸레로 카펫을 닦았다. 처음 등장한 베아라는 그런 대로 일종의 신분이 있는 사람이기 때문에 결코 바닥에 쪼그리고 앉는 일을 하지 않는다. 그는 미천한 일을 하는 노동자들의 명령자였다.

인도에서 일하는 동안 나는 달리트에도 상하가 있을 뿐 아니라 달리트보다 더 아래 계급도 있다는 사실을 알게 되었다. 달리트는 힌두 사회에 소속되어 있다. 최하위 계급이라고는 해도 엄연히 힌두 사회의 정회원이다.

그러나 그 아래 지위에 있는 사람들은 힌두 신앙 밖에 있는 사람들이다. 숲에 사는 소치기, 집시, 과거 노동력을 위해 강제로 '수입된' 아프리카 노예의 후손 등으로, 말하자면 힌두 사회에서 완전히 따돌려진 사람들이다.

달리트 출신 어머니들이 숲의 빈터에서 우리를

위해 민속춤을 춘 적이 있다. 일종의 파티였다. 그때 달리트보다 더 하위 계급 사람들이 나타나자 그녀들 입에서 멸시와 차별의 단어들이 튀어나왔다. 일본인이라면 마음속으로는 차별하고 있어도 그런 경우 노골적으로 모멸하는 것을 드러내지는 않는다. 하지만 그들은 그러지 않았다.

나는 내 해석이 틀렸을까봐 거기 있던 인도인 가톨릭 신자에게 물어보았다. 달리트 출신 어머니들은 자기들보다 더 아래 계층이 참여한 것에 분명히 혐오를 표한 것이었다. 그러나 그것은 동시에 자신보다 아래가 있다는 데 대한 안심이기도 했다.

인도의 카스트 제도만큼은 아니더라도 여전히 출신, 사는 동네, 집의 크기, 직업, 학력 등으로 상대를 판단하는 사람이 있다. 그것은 일종의 소문과 같고 그 사람의 성향을 추측하는 데는 도움이 될 때도 있지만, 그 사람의 능력을 이해하는 데는 아무런 보탬이 되지 않는다. 그렇다고 해서 그러한 소문의 열정이 멈추지는 않는다.

만일 세상이 소문이라는 것을 그만두면 일상생활의 불화는 거의 사라질 것이다. 자기가 본 것만 믿으면 되는 것이다. 개중에는 직접 겪고도 다른 말을 하는 사람이 간혹 있다. 그 위험을 생각하면 어쨌든 남의 이야기는 하지 않고, 쓰지 않는 것이 가장 좋다. 그래서 나는 역사 소설은 쓰고 싶지만, 전기 소설이라는 것은 믿을 수 없기 때문에 쓰지 않고 읽을 수 없다. 당사자가 살아 있다면 이건 엉터리야, 라고 말할 게 틀림없다고 생각하기 때문이다.

나는 극단적으로 눈치가 없는 사람이 되어 있다. 누군가가 입원했다는 소문을 들으면 자기만 문병하러 가는 것이 아니라, 환자의 지인들에게 전화를 걸어 "그 사람 입원한 것 같아. 나는 문병을 가는데 너도 가주면 좋겠다."라고 말하는 사람도 있다. 나는 정반대다. 병에 걸렸을 때 환자에게는 꼭 만나고 싶은 사람도 있겠지만, 귀찮아서 만나고 싶지 않은 사람도 있을 것이다. 그래서 환자 자신이 만나고 싶은 사람에게는 알릴 것이라고 생각하기 때문에, 나 자신은 눈치 없는 사람이기로 결정한 것이다.

인간의 복잡성

소문만큼이나 내 마음에 경고를 보내는 것은 최근 들어 유행하고 있는 '정의를 자랑으로 삼는 자세'다. 어느 날 텔레비전을 보고 있는데, '철저히 권력에 대항하는' 것이 그 프로그램의 자세라는 말이 나왔다. 이런 경직된 자세도 내 마음에 경종을 울린다.

이것이 최근 유행하는 '정의 바람(正義風)'이라는 것이다. 즉, 권력과 같은 의견이라면 그것은 곧 시청자가 우매하다는 증거라는 모멸을 보여주는 것이다.

그러나 내가 보기에 권력을 잡은 사람들은 유권자들의 지지를 얻은 사람들이다. 일본의 의회 정치,

선거 제도를 지지한다면 권력자는 정당하게 국민의 인정을 받은 나라의 대표라는 얘기다. 다만 선량(選良)이라는 단어를 쓰기가 주저될 정도로 최근에는 문제가 있는 국회의원들이 많은 것도 사실이다. 그렇다고 의회 정치 자체를 거부할 수는 없다.

'반(反)권력'이라는 말이 최근 일종의 포퓰래리티(popularity: 대중성, 통속성)를 갖고 갈채를 받게 되면서, 인간의 복잡성을 인정하는 망설임이나 의심이 극도로 줄어들었다. 즉, 음영(陰影)이 사라지고 사람을 보는 눈이 유아적이게 되었다.

대다수의 사람은 사상적으로 우도 아니고 좌도 아니다. 바꿔 말하면 때로는 권력에 붙고 때로는 반체제이다. 바깥 세계로부터 정보를 받아들이면 그렇게 되는 것이 자연스럽다. 또 인간은 선인(善人)과 악인(惡人)의 요소를 조금씩 갖고, 물욕과 정신성 사이에서 주저하고 있다. 정의를 원하지만, 자신의 상황이 이를 허락하지 않는 것도 있다.

결국 '반권력'이라고 결정한다면 그 텔레비전 프로그램은 하나의 고정된 사상의 선전을 하게 되고, 자유로운 뉴스가 아니라 사상적 선전이 될 수밖에 없다. 이런 단순한 논리는 없는데도 그것을 깨닫지 못하는 오피니언 리더도 있다.

'반권력'은 정의냐 아니냐로 사람을 나누는 방식

을 취하고 있다. 이에 대해 아랍에 아주 재미난 속담이 있다.

"정의는 좋은 것이다. 하지만 아무도 내 집에서는 그것을 바라지 않는다."

이게 훨씬 어른스러운 사고방식이다.

여기에는 인간이 자유롭게 자신 이외의 타인을 아는 것을 방해하는 요소를 두 가지만 서술했다. 소문과 '좌우지간 반권력' 주의다.

이것은 곤란의 문턱에 불과하다. 나는 소문도 일상에서 최대한 피한다. 정의의 얼굴도 하기 싫다.

두려움 때문에 사람과의 접촉을 두려워하면서도 내가 계속 원했던 것은 사람을 아는 것이었으니, 현세에서의 내 삶은 모순 그 자체인 셈이다.

열두 번째 이야기

누구에게나   인생을 배운다

성공자의 법칙

2011년 11월 하순, 황궁 정문 앞에 차를 세우고 있는데 앞에 정차해 있던 검은 차 안의 남성이 나를 발견하고 말을 걸었다. 당시 국토교통성 부대신이었고, 그 후 납치 문제 담당상이 된 마쓰바라 진(松原仁) 씨였다.

"황궁에 가시나요?"라고 내가 묻자, 마쓰바라 진 씨는 워런 버핏(Warren Edward Buffett) 씨에게 황궁을 보여주기 위해 왔다고 했다. 그런데 나는 부끄럽게도 버핏이라는 분의 이름도 몰랐다. 내가 "버핏 씨는 뭐 하는 분이세요? 과학자이신가요?" 같은 눈치 없는 질문을 하자, 버핏 씨는 미국에서 1, 2위를 다투는 자산가로, 이번에 이와키 시의 투자처인 새로운 공장의 완공식에 참석하기 위해 일본 방문 중이라고 한다. "그 말을 들으니 조간에서 그분의 성함을 보았습니다." 하고 나는 그제야 생각이 나서 변명을 했다.

그러는 사이에 바로 그 버핏 씨 일행이 나타났다. 아무튼 나중에 조사해보니, 미국뿐 아니라 해외 아시아인들도 이분과 함께 스테이크 런치를 즐길 수 있는 권리를 경매에서 낙찰 받는다고 하는데, 그 매출액이 2억 엔이 넘는다고 한다. 물론 그 돈은 버핏 씨 자신의 주머니에 들어가는 것이 아니라 자선 재단에 기부된다고 한다. 하지만 그처럼 세계적으로 유명한 사람을 나는 뜻밖에도 상쾌한 가을바람 속에서 만난 것이다.

그런 버핏 씨는 실로 호감이 가는 분이었다. 약간 살찐 몸집에 앞가슴이 벌어진 헐렁한 양복을 입고, 넥타이도 뭐 빳빳하다기보다는 적당히 구깃구깃한 게 자연스러웠다. 동행한 아내도 수수한 정장 차림이었다.

"잠깐 소개할게요." 마쓰바라 씨의 제의에 사양하는 것도 예의가 아닌 듯싶어 나는 부부와 악수하며 일본 소설가라고 자기소개를 했다. "황후 폐하의 동창생이어서 뵈러 가는 길입니다."라고 설명했다. 그리고 "부디 일본에서 좋은 시간 보내시기 바랍니다."라고 작별 인사도 나눴다. 그게 30초 정도 될까. 집에 돌아와 남편에게 그 말을 했더니 그도 역시 버핏 씨의 이름을 모른다. 내가 "세계 제일의 부자래요."라고 설명해주자 여전히 신문에서 눈을 떼지 않은 채, "1억 엔짜리 돈다발 받아 왔어?"라고 남의 일처럼 말할 뿐이었다. 정말 지겨운 농담이다.

그 후로 버핏 씨에 대해서는 잊고 지냈다. 나와는 관계가 없는 사람이었기 때문이다. 그러다가 바로 얼마 전 우연히 아침 일찍 텔레비전에서 버핏 씨의 프로필 같은 것을 보게 되었다.

늘 그렇듯이 이번에도 프로그램을 중간부터 보게 되었지만, 그중에서 겨우 일부 알게 된 버핏 씨의 사상은 매우 흥미로운 것이었다. 프로그램이 인물상을 워낙 생생하게 그려놔서 궁금해진 나는 인터넷으로 지식을 보충했다. 버핏 씨의 인생은 첫걸음부터 천재적이었다.

그는 미국 네브래스카주의 오마하에서 증권 회사를 운영하는 아버지의 아들로 태어났는데, 어렸을 때부터 매우 경제관념이 있는 아이였다. 할아버지에게 콜라 여섯 캔을 25센트에 구입한 후 개당 5센트씩 받고 팔았다. 그래서 30센트가 되었으니, 즉 그는 5센트를 번 것이다. 이 정도는 어떤 아이라도 할 수 있다고 생각할지 모른다. 그러나 내 주변에서 이런 장사를 실천해 보인 아이는 아직까지 없다.

그는 모든 일에 흥미를 가졌다. 흥미가 생기면 망설이지 않고 경험해봤다. 경험을 통해 실정을 피부로 파악했던 것이다. 나는 그의 이런 태도가 마음에 들었다. 세상 사람들처럼 직업에 대해 귀천 의식을 갖지 않았기 때문이다. 그의 부모도 "그런 일은 하지 마라."라는 말을 하지 않았다. 버핏 씨는 돈에 쪼들리지 않는 이른바 있는 집 아들이었는데도 신문 배달, 골프장 공 줍기, 경마장의 예상지 판매 등 온갖 밑바닥 노동을 하며 돈을 벌었다.

사실 나도 소설가라는 직업에서 벗어나 몸 쓰는 일을 자주 하고 좋아한다. 그런데 목적이 조금 다르다. 돈도 돈이지만, 내가 어떤 일이든 해보고 싶다고 생각하는 것은 나중에 그 세계에 대해 얄팍하긴 해도 관념보다 현실적인 지식을 갖기 위해서다. 어디까지나 재미있어야 하는데, 문제는 경제 행위와 관련이 적다. 그것이 나와 버핏 씨의 큰 차이점이다.

인터넷에서 본 것에 의하면, 그는 항상 자신의 안목을 지니고 있었다. 다른 사람이 좋다고 평가하고 몰려드는 것 따위에는 손도 대지 않는다. 떼를 지어 있으면 안 된다는 것이다. 그 배후에는 자기가 선택한 길을 갈 용기와 신념이 있다. 자기의 안목을 의지하여 여기에 투자하면 돈을 벌 수 있다는 확신이 생겼을 때 비로소 지갑을 연다. 이런 게 바로 감식안이다. 자신이 선택하지 못하는 인생은 재미가 없다. 당연히 보람도 느끼지 못한다.

생각해보면 '취향'을 갖는다는 것은 인생에서 참으로 중요하다. 타인의 평판에 신경을 쓰는 사람은 자신의 취향이 아니라 타인이 정해주는 대로 인생을 살게 된다. 원하는 일이 없는데 인생이 보람될 리 없다. 그에게 삶은 그 자체로 위협이다. 위험한 삶을 살아가는 사람은 타인에게 위협이 된다. 타인의 말에 쉽게 움직여져 언제든 폭도로 돌변할 가능성을 내포하고 있다.

"여론 조사는 나의 생각을 대신해주지 못합니다."

그가 남긴 명언이다.

버핏 씨가 어디에 어떻게 투자했는지를 소개하기 시작하면 끝이 없다. 나는 미국 기업의 특징이나 규모 등을 이해할 수 없기 때문에 잘 전달할 수도 없다. 다만 아마추어를 위한 이야기를 하나 전하면, 버핏 씨가 1988년부터 코카콜라 주식을 사들였다는 점이다. 지금은 코카콜라 주식의 7퍼센트를 갖고 있다.

"내가 사는 것은 기업이지 주식이 아니다."

이것도 버핏 씨의 명언이다. 또 어렸을 때는 몇

센트를 벌기도 했던 그였지만, 훗날에는 절대로 싼 주식을 구매하지 않았다.

"평범한 기업을 값싸게 구매하기보다는 우수한 기업을 그에 걸맞은 가격으로 매입하는 것이 정당한 투자다."라는 게 버핏 씨의 투자 철학이기 때문이다. 어렸을 때의 상업적 경험에서 이런 철학이 태어났다고 믿는다.

겸허하게 외부 세계를 알아나간다

경제와 무관한 나 같은 사람에게도 재미있는 것은 버핏 씨의 인생철학 부분이다.

황궁 앞에서 만났을 때는 몰랐는데, 버핏 씨는 겉모습만 포근한 사람이 아니었다. 누구와 있든지 상대방을 즐겁게 해주려고 노력하는 사람이었다. 텔레비전은 그가 여러 사람들에게 둘러싸여 있는 파티 장면을 많이 비추고 있었는데, 비사교적인 나와 달리 그는 정말 큰 서비스를 베풀고 있었다. 누구나 그와 함께 이른바 투샷을 찍고 싶어 하지만 조금도 귀찮아하지 않고, 누가 요구하든 나란히 카메라 앞에 섰다. 그냥 사진만 찍는 게 아니라 "딸하고 같이 찍는 것 같은데요." 등 단 한마디라도 친근하게 말을 걸면서 말이다.

세상을 떠난 그의 전처는 "워런은 컬러텔레비전 같은 사람이에요. 흑백인 세상도 그를 통해 컬러로 보이거든요."라고 했다는데, 버핏 씨는 인간이든 사물이든 그 나름의 안력으로 간파하고 강렬한 특징을 발견한다는 것이다. 그의 투자가 실패하지 않는 이유이자 그가 모든 사람과 대화하고 친구가 될 수 있는 이유다. 단순한 사진 한 장에서도 그는 곁에 서 있는 사람의 의미를 발견해낸다.

그의 삶은 매일매일이 재미있고 신나는 모험일 것이다. 그것만으로도 버핏 씨는 큰 덕의 소유자라고 할 수 있다. 일본인 남편 중에는 평생토록 집 안에서 근엄하게 웃지도 않고 지내는 사람들이 많다. 집에서는 손가락 하나 까딱하지 않고, 감사에 인색하다. 그것이 남편의 역할이라고 착각한다. 그런 사람은 인생의 실패자다. 왜냐하면 아내 한 명에게조차 행복을 주지 못한 사람이 성공자일 수는 없기 때문이다.

요즘 들어 그런 생각이 더욱 굳어졌다. 어렸을 때 우리 집은 분위기가 어두웠다. 다행히 남편과의 사이는 괜찮은 편이다. 가끔 건강 상태가 나쁘면, (나를 포함해) 언짢은 표정을 짓는다. 어렵겠지만, 가능하면 아플 때라도 거짓말을 하고 밝은 얼굴을 하고 있는 것이 노년의 의무라고까지 생각할 때가 있다.

버핏 씨의 삶의 이면에는, 텔레비전에서 말했듯이, 누구에게나 인생을 배운다는 철학이 있었다. 버핏 씨를 끌어들여 나를 자랑하려는 것은 아니지만, 나 또한 누구에게나 배웠다. 나는 50세 이후 정말 매년 아프리카에 갔었다. 아프리카의 가난한 시골에서 많은 이들을 만났고, 이웃 마을조차 가 본 적이 없는 사람에게서도 얼마나 많은 기본적인 삶의 자세를 배웠는지 모른다.

버핏 씨는 여느 우리와는 비교도 되지 않을 정도로 많은 사람들을 잘 알려고 했다. 물론 그것은 장사에도 도움이 되었겠지만, 그보다 더 큰 이익을 인생 그 자체에 안겨줬으리라고 생각한다. 그런 의미에서 버핏 씨는 세상에서 가장 사치스러운 취미를 가진 자이며, 그 값비싼 취미를 통해 엄청난 이득을 남긴 사람이라고 부를 수 있다. 겸허하게 외부 세계를 알아가는 것만큼 인간을 성장시키는 요소는 없기 때문이다.

버핏 씨의 특징 중 가장 뛰어난 점은 대부호답게 돈을 쓸 줄 안다는 것이다. 그의 재산 중 99퍼센트는 '버크셔'라는 회사 주식이라고 하는데, 2006년에 자산의 85퍼센트에 해당하는 374억 달러를 자선 재단 다섯 곳에 기부하기로 했다. 그중 310억 달러는 '빌

앤드 멜린다 게이츠 재단'에 보낸다고 한다. 죽은 아내의 이름을 붙인 '수잔 톰슨 버핏 재단'이라는 것은 있는 것 같지만, 아무리 돈을 내더라도 절대로 자기 이름을 딴 재단은 만들지 않겠다는 것이 버핏 씨의 자세라고 텔레비전에서는 말했다.

"돈은 자기 집에 두면 안 된다. 사용 방법을 알고 있는 사람에게 사용해달라고 하는 게 좋다."라는 게 버핏 씨의 사상이라고 한다. 그 돈의 사용 방법을 알고 있는 사람 중 한 명이 바로 빌 게이츠(Bill Gates)다.

버핏 씨의 과거 중에서 흥미로운 것은 그는 대부호가 되어서도 불필요한 돈을 쓰지 않았다는 것이다. 1957년 부인이 셋째 아이를 임신했을 때 그는 고향 마을에 있던 회반죽으로 지은 침실 다섯 개가 있는 집을 3만 1500달러에 샀고, 지금도 그곳에 살고 있다는 것이다. 이 침실 다섯 개라는 것이 꽤 감동적이다. 아이들이 1인 1실씩, 부부의 침실이 1개. 나머지 하나는 서재나 손님용 침실로 쓴다 해도 사실 그것으로 충분하고 그 이상은 필요 없을 것이라는, 인간 생활의 기본을 파악한 집처럼 생각되는 것이다. 당시와 지금 물가가 달라서 정확히 비교할 수는 없지만, 3만 달러 남짓한 집은 엔화로 약 300만 엔에서 1000만 엔. 물가 지수를 생각해도 기껏해야 6000만 엔 정도라고 한다.

그다지 호화 저택은 아니다. 그러나 필요한 공간은 충분하다. 불필요하게 넓은 부지를 가지면 정원사를 고용해야 한다. 샹들리에를 설치하면 그것을 닦는 사람이 필요하다. 사람은 동시에 두 개의 침실에서는 잘 수 없다. 한 번에 두 벌의 옷도 입을 수 없다. 인간에게 필요한 것과 필요치 않은 것의 경계는 비교적 명확하게 그어진다. 그 자각이 없는 부자가 세상에는 많아도 너무 많다.

버핏 씨 같은 사람이라면 전용 요리사를 고용해 분명 미식을 하고 있는 줄 아는 사람도 있을지 모른다. 하지만 소니의 모리타 아키오(盛田昭夫) 씨가 뉴욕의 자택에 버핏 씨를 초대했을 때 스무 접시쯤 이어진 정식 일본 요리를 준비했지만, 버핏 씨는 그 일식에는 거의 손을 대지 않았다. 즉, 상당한 편식으로 맥도널드 등에서 파는 햄버거와 특별히 단맛이 강한 체리코크라는 음료수밖에 입에 대지 않는다. 돈이 있어도 미식을 즐기기는커녕 매끼 1000엔 정도의 식생활을 하고 있는 것이다.

인생의 핵심은 결과가 아닌 과정

사람은 자기가 바라는 것 외에는 필요하지 않다. 다시 말해 단순한 생활이야말로 자신에게 최고의 환경인 셈이다. 다만 버핏 씨는 살찌는 체질로 알려져 있고 야채도 싫어한다고 하니 조금 비만해진 것이다, 라고 나는 황궁 정문 밖에서의 해후를 떠올렸다.

하지만 그는 1930년생이니 이미 상당히 장수한 셈이다. 2012년에는 전립선암이라고 공표했지만, 그것도 위험한 상태는 아닌 것 같다. 인간의 장수는 이른바 '좋은 식생활'과도 큰 관계가 없는 경우가 있다고 본다. 요점은 자신에게 맞는 생활이 중요하다는 것이다.

얼마 전 일본에서 김미령*씨를 만났다. 그녀가 재미난 이야기를 들려줬다. 요즘 젊은이들에게 장래 무엇이 되고 싶으냐고 물어보면 "셀럽(celeb, 유명인)이 되고 싶다."라고 대답한다고 한다.

옛날 아이들은 되고 싶은 것을 직종으로 대답했다. 파일럿이니, 학교 선생이니, 총리대신이니 하는 것들을 입에 올렸다. 그런데 요즘의 미적지근한 청년들은 되고 싶은 직업이 아니라, 단지 그 결과로 되고 싶은 상태만 대답하는 것 같다.

인생의 정답은 무엇을 통해 사람이 인생의 결승점에 도달하는가에 달렸다. 인생의 핵심은 결과가 아닌 과정이다. 그 길에서 우리는 오랜 세월을 희생시킨다. 인내함과 동시에 자기 자신의 기술·능력 등을 갈고 닦는 일이 더해진다. 안타깝게도 요즘 세대들은 그런 기쁨을 모른다. 그들의 삶에서 현실이란 게 느껴지지 않는다.

먼저 '셀럽'은 무엇인가. 나는 순수한 일본적 소시민 가정에서 태어났지만, 학교는 영어가 중요한 국제적인 수도원의 부속 학교를 다녔다. 그렇긴 해도 내 영어 학력은 결코 뛰어나지 않았다. 소설을 쓸

---

* 한국의 성매매 출신 여성들을 위한 자립지지공동체의 대표.

생각은 했지만 영문법을 배우는 데는 열심이 아니 었기 때문이다. 하지만 영어는 귀에 익었을 것이다. 그중 '셀럽'이라는 신기한 일본식 영어의 소재가 되고 있는 '셀러브리티'(celebrity; 연예계 등 스타) 같은 단어는 전혀 만난 기억이 없다. 학교는 스타에 대해 가르쳐주지 않아도 됐다. 게다가 스타에 대한 이야기를 하자면, 그것을 가리키는 말은 별(star)뿐이었을 것이다.

현실을 손바닥으로 만져본 사람은 의외로 적고 가상현실 속의 지식으로만 아는 사람들이 실로 많아졌다. 그러나 버핏 씨를 보더라도 현실에서 손으로 대상을 만지는 사람만이 진정한 일을 한다. 손을 대봐야만 까칠까칠한지, 차가워서 장갑이 필요한지, 아니면 뜨거워서 화상을 입게 되는지를 알 수 있다. 그런 체험을 갖고 있는 사람만이 자기 인생을 단단한 발판 위에 똑바로 올려놓을 수 있게 된다.

옮긴이 김욱

작고. 언론계 최일선에서 오랫동안 활동했다. 인생 후반부에 인문, 사회, 철학, 문학 등 다양한 분야의 서적을 탐독하며 사유의 폭을 넓히는 삶을 살았다. 지은 책으로 《취미로 직업을 삼다》《폭주노년》《삶의 끝이 오니 보이는 것들》 등이 있다. 옮긴 책으로는 《약간의 거리를 둔다》《무인도에 살 수도 없고》《지적 생활의 즐거움》《개를 키우는 이야기 · 여치 · 급히 고소합니다》《갈매기 · 산화 · 수치 · 아버지 · 신랑》《간소한 삶, 아름다운 나이듦》《후회 없는 삶, 아름다운 나이듦》《노인이 되지 않는 법》《어떻게 나이들 것인가》 등이 있다.

인간관계

1판 1쇄 인쇄 2023년 6월 7일
1판 1쇄 발행 2023년 6월 14일

지은이 소노 아야코
옮긴이 김욱

펴낸이 김현정
펴낸곳 책읽는고양이

기획 김현주
교정 · 교열 이교혜

등록 제4-389호(2000년 1월 13일)
주소 서울시 성동구 행당로 76 110호
전화 2299-3703
팩스 2282-3152
홈페이지 www.risu.co.kr
이메일 risubook@hanmail.net

© 2023, 책읽는고양이
ISBN 979-11-92753-08-9 03830

※책값은 뒤표지에 있습니다.
※잘못 제본된 책은 바꾸어 드립니다.